KB078632

The Record of Dragon's Return

재중 귀환록

FUSION FANTASTIC STORY

푸른 하늘 장편 소설

재중 귀환록 15

푸른 하늘 장편 소설

초판 1쇄 찍은 날 § 2015년 5월 27일
초판 1쇄 펴낸 날 § 2015년 6월 3일

지은이 § 푸른 하늘
펴낸이 § 서경석

편집책임 § 박가연

펴낸곳 § 도서출판 청어람
등록번호 § 제387-1999-000006호
등록일자 § 1999. 5. 31
어람번호 § 제1-2137호

주소 § 경기도 부천시 원미구 부일로 483번길 40 서경B/D 3F (우) 420-822
전화 § 032-656-4452 팩스 § 032-656-4453
http://www.chungeoram.com
E-mail § chungeorambook@daum.net

ISBN 979-11-04-90255-0 04810
ISBN 979-11-5681-939-4 (세트)

The Record of
Dragon's
Return

재중
귀환록

15

다가오는 이별

푸른 하늘 장편 소설

FUSION FANTASTIC STORY

도서출판
청어람

CONTENTS

Chapter 01
장난의 피해자

재중귀환록

"아무래도 이상해······."

크레이언 올드 세이라가 중얼거렸다.

그녀는 재중과 헤어진 뒤 무언가 고민이 있는 표정이 되었다.

고민 때문인지 그녀는 섬에 있는 산 정상에 서서 조용히 생각에 잠긴 모습으로 먼 곳을 바라보는 중이었다.

그녀가 지금과 같은 표정을 하는 데는 이유가 있었다.

지금까지 그녀는 자신이 신탁을 받아서 지구로 넘어온 것은 그저 다른 차원의 문물이나 지식을 배우라는 신의 배

려라고 생각했었다.

하지만 그런 믿음이 순식간에 깨어져 버렸으니, 이렇게 복잡한 표정을 짓는 것도 어쩌면 당연했다.

"넌 어떻게 생각하지?"

크레이언 올드 세이라가 별것 아닌 것처럼 가볍게 물어보았다.

그녀의 물음을 받은 세프는 흔들림 없는 눈동자로 대답했다.

─저는 마스터께서 선택되었다고 생각합니다.

"선택?"

크레이언 올드 세이라가 세프의 말에 고개를 갸웃거리면서 돌아보았다.

─네, 정확하게는 대륙의 신께서 마스터와 재중 님의 만남을 의도적으로 만들었다고 저는 생각합니다.

뭔가 사무적인 답변이기는 했다.

하지만 그거야 세프의 본래 성격이 저렇다는 것을 알고 있기에 딱히 문제가 될 것이 없었다.

다만 지금 크레이언 올드 세이라가 눈살을 찌푸리는 것은 세프가 말한 내용 때문이었다.

"왜 그런 생각을 한 거지?"

─우선 마스터께서 신탁을 받은 다음 지구로 넘어오셨

습니다. 이후 재중 님께서 대륙에 가셨습니다. 하지만 재중 님의 말에 따르면 마스터께서 대륙을 떠난 뒤 대륙에 큰 변화가 있었던 게 분명합니다. 그러한 상황을 종합해 보면 신의 계획에 의해 마스터께서 지구로 넘어왔다는 추측이 높은 가능성을 가집니다.

"…흐음……."

크레이언 올드 세이라는 셰프의 말을 듣고서 가만히 생각해 보았다.

확실히 셰프의 말이 맞다고 생각하기에는 조금 애매한 데가 있었다.

하지만 그렇다고 틀리다고 하기에는 지금 크레이언 올드 세이라가 접한 정보가 너무 충격적이었다.

그렇기에 셰프의 이야기를 듣고서도 그녀는 쉽게 판단이 서지 않는다는 눈빛을 했다.

"드래곤인 이상 거짓을 말하게 되면 존재가 사라지니… 거짓말은 아닐 테고……."

그랬다.

드래곤들은 대륙을 주무를 수 있는 능력과 힘을 가지고 있다.

하지만 딱 한 가지 약점 아닌 약점이 있었는데, 그것이 바로 언령이었다.

딱히 이게 약점 아닌 약점이라고 하는 데는 이유가 있다.

바로 이 언령이 드래곤들이 사용하는 가장 큰 힘 중에 하나였기 때문이다.

약점이기는 하지만 큰 힘이니 딱 잘라 약점이라고 하기에는 조금 이상하기도 했다.

하지만 아무리 큰 힘이어도 반대로 언령을 조금만 비틀거나 언령에 어긋나면 그 대가를 드래곤이 고스란히 감당해야 된다는 반대급부의 페널티가 존재했던 것이다.

물론 이걸 아는 것은 드래곤들이 유일했지만 말이다.

―제가 보기에도 재중 님은 거짓을 말하진 않았습니다.

셰프가 말했다.

크레이언 올드 세이라의 말에 힘을 실어준다기보다 그녀가 판단할 때 정확한 정보를 준다는 느낌이다.

그녀도 고개를 끄덕였다.

사실 재중이 크레이언 올드 세이라에게 거짓을 말해봐야 이득을 보는 것이 전혀 없었으니 말이다.

거기다 지금까지 크레이언 올드 세이라가 재중을 지켜본 결과, 재중은 무언가 욕심을 내거나 차지하려는 인간 특유의 성격을 전혀 보이지 않고 있었다.

물론 철저한 응징과 복수는 하고 있지만, 그건 드래곤이 아닌 어떤 존재라도 마땅히 해야 하는 일이었다.

크레이언 올드 세이라를 만든 신이라는 존재도 약속을 어기거나 배신을 하면 천벌을 내리는 일이 가끔은 있었으니 말이다.

"그럼… 정말 대륙에 드래곤이 사라졌다는 건데…….
그건 내가 다시 돌아간다고 해도 더 이상 드래곤이 존재하지 않는다는 말인데……. 나 혼자 가서 뭐해?"

딱히 드래곤이라는 존재가 외로움을 느끼거나 향수병에 몸서리치는 그런 존재는 아니다.

하지만 그동안 다른 드래곤들과 살던 곳으로 돌아가 봐야 결국 혼자라는 생각에 크레이언 올드 세이라는 약간 실망한 표정을 숨기지 못했다.

─우선 지금 이것은 추측일 뿐입니다. 그리고 마스터께서 대륙으로 돌아가신 후에 다른 드래곤들이 되돌아올 수도 있습니다.

세프가 나직이 다른 가능성도 이야기했다.

그에 고개를 끄덕이긴 했지만 찝찝한 표정을 숨기지 못하는 크레이언 올드 세이라였다.

굳이 그럴 것이면 왜 자신만 따로 먼저 신탁을 내려서 지구로 보냈겠는가?

차라리 다른 드래곤과 함께 이동시키는 게 편할 텐데

말이다.

"가능성은 가능하면 많이 열어두는 것이 좋겠지."

―그렇습니다, 마스터.

"하지만 확실히 재중을 데리고 대륙으로 넘어가는 것이 나쁜 생각은 아닌 것 같단 말야……."

재중 때문에 고민거리가 생기긴 했다.

하지만 크레이언 올드 세이라는 오히려 그렇기 때문에 재중을 대륙으로 데리고 가고 싶다는 생각을 하고 있었다.

아니, 만약 세프의 말대로 자신이 신의 선택을 받아 지구로 온 것이라면 더욱 그렇다.

재중과의 만남도 결국 신이 만들어놓은 것이라는 뜻이니 말이다.

즉, 재중과 크레이언 올드 세이라는 무조건 만나는 운명을 가지고 있었다는 것이었다.

물론 크레이언 올드 세이라는 신이 자신의 운명에 개입했다는 것에 전혀 아무런 감정이 없었다.

본래 드래곤이란 그런 존재였으니 말이다.

신이 드래곤을 만든 이유는 오직 하나였다.

균형과 관조.

즉 세상을 지켜보다가 균형이 기울거나 한다면 신을 대

신해서 직접 개입하는 것이다.

그렇다면, 자신이 지구로 넘어왔다고 해서 그게 문제가 될 것은 없었다.

신이 대륙에 어떤 계획을 가지고 있든 그녀는 상관없었다.

신의 힘을 대신하는 대리인인 드래곤은 무조건 따르는 것이 당연했으니 말이다.

하지만 재중은 좀 예외이기에 지금 크레이언 올드 세이라가 이토록 재중에게 집착하는 것이다.

인간, 그리고 유사인종에게 허락된 자유의지는 신조차도 개입하지 않는 것이었다.

그건 신이 일부러 그렇게 만들었다는 말도 있고, 그냥 신의 실수라는 말도 있다.

하지만 정확하게 아는 존재는 아마 인간을 만든 신, 본인뿐일 것이다.

드래곤조차 신이 왜 인간과 유사인종에게 자유의지를 주었는지 궁금해한 적이 없었으니 말이다.

―마스터께서 재중 님과 대륙으로 넘어가시는 것은 지구에도 대륙에도 이득입니다. 너무 강한 힘은 결국 균형의 추를 기울이는 역할을 할 뿐이니까요.

세프는 냉정하게 논리적으로 크레이언 올드 세이라에

게 조언을 했다.

하지만 정작 크레이언 올드 세이라는 그런 셰프의 조언 때문에 재중과 함께 대륙으로 가고 싶어 하는 것이 아니었다.

그저 자신이 재중과 조금이라도 더 같이 있으면서 궁금증을 풀고 싶은 욕구가 더 강할 뿐이었다.

인간에서 드래곤이 된 존재.

지구는커녕 대륙에서조차 그 누구도 시도조차 해본 적이 없던 일이었다.

아니, 키메라를 만드는 흑마법사들은 어쩌면 해봤을지도 몰랐다.

물론 지금까지 재중이 유일하다는 것은 모두 실패했을 거라는 뜻이겠지만 말이다.

―하지만 마스터. 재중 님과 함께 대륙으로 가시기에는 아무래도 선우연아의 존재가 가장 큰 장애물입니다.

"하긴 그렇지… 피를 나눈 핏줄이니. 특히 인간들은 자신의 핏줄에 대한 애정이 각별하니 말이야."

크레이언 올드 세이라가 조용히 말했다.

―네, 필요에 따라 자신이 대신 죽음을 선택하는 경우도 많습니다.

"쩝… 곤란해……."

드래곤인 크레이언 올드 세이라에게는 인간들이 자식을 위해 부모가 죽는 것, 동생을 위해 형제가 죽음을 선택하는 것과 같은 상황을 몇 번이고 보았지만 지금까지도 그러한 선택들을 이해하지 못하고 있었다.

그녀의 눈에는 너무나도 비효율적인 일이었다.

자식은 또 낳으면 된다.

결국 물리적인 생명이 계속 이어지면 되는 것이니 말이다.

대를 이어 자신의 유전자를 이어간다는 가장 큰 역할만 제대로 수행한다면 충분하다.

누구를 대신해서 죽음을 선택하는 인간들의 맹목적인 사랑은 5,000년 동안 세상을 지켜본 그녀로서도 여전히 이해불가일 수밖에 없었다.

물론 그렇다고 무시하진 않았다.

지금 지구의 역사가 그러한 핏줄의 사랑과 전쟁, 그리고 탐욕과 열정으로 만들어졌다는 것은 드래곤인 그녀도 충분히 인정하고 있으니 말이다.

다만 지금 그 인간들의 핏줄에 대한 맹목적인 사랑이 그녀의 계획을 실행하는 데 가장 큰 장애물이 되었다는 것이 문제였다.

그래서 그녀도 난감한 표정을 짓는 것이다.

—핏줄은 쉽게 건드릴 수 없는 존재입니다, 마스터.

"알아, 나도 바보같이 선우연아를 건드려서 재중과 적이 될 생각은 없으니까 그건 걱정하지 마라."

세프의 참견 같은 조언에 살짝 가시가 돋친 듯 크레이언 올드 세이라가 한마디 했다.

하지만 말끝을 살짝 흐리는 것을 보면 마땅한 방법이 없는 걸 본인도 알고 있음이 분명하다.

곧 재중은 전에 말한 것처럼 드래곤이라면 성룡이 되고 나서 꼭 치르게 되는 강제 수면기가 찾아올 것이다.

그것도 평균적으로 1,000년이라는 시간을 가진 수면기 말이다.

이건 드래곤이 어떻게 거부할 수 있는 종류의 것이 아니었다.

오히려 본능이라고 해야 할 만큼 무조건적으로 해야 하는 의무나 마찬가지였다.

사실 성룡이 된다고 해도 드래곤이 내적으로나 외적으로 크게 바뀌는 것은 없었다.

왜냐하면 그냥 살던 그대로 시간만 흘렀기에 성룡이 되는 것이기 때문이다.

뭔가 갑자기 팍~ 하고 바뀐다면 그게 오히려 이상했을 것이다.

그런데 성룡이 된 뒤, 1,000년이라는 수면기를 거치고 나게 되면 이야기가 완전히 달라진다.

1,000년이라는 시간은 잠든 드래곤이 성룡이 되면서 가져야 할 힘과 육체가 적응하는 시간이나 마찬가지였으니 말이다.

즉 성룡이 되고 난 뒤에 강제로 찾아오는 수면기는 드래곤이 되기 위한 마지막 관문이라 할 수 있었다.

그렇기에 첫 수면기를 거부할 수도, 막을 수도 없었다.

물론 대부분의 드래곤은 그것을 잘 알고 있었다.

자신이 그렇게 성룡이 되었고, 그러고 나서 진정한 드래곤이 되었으니 말이다.

하지만 재중은 인간이었다.

그것도 드래곤의 피를 받아들여 인간에서 드래곤이 된 존재였다.

워낙 독특한 경로로 드래곤이 되었다 보니 지금까지 여러 가지 변수가 있었을 것이고 앞으로도 여러 변수가 나타날 것이다.

하지만 이번에 재중이 성룡이 된 드래곤에게 찾아오는 수면기에 대해 몰랐던 것과 대륙에서 드래곤이 모두 사라졌다는 점이 아무래도 둘 사이에 무언가 연관성이 있다는 생각이 들게 했다.

물론 드래곤의 마도서인 테라가 있긴 하다.

하지만 아무리 드래곤의 마도서라고 해도 일반적인 드래곤이 아닌, 인간에서 드래곤이 된 재중에게 확률적으로 정확하지 않은 정보를 전해준다는 것은 쉽지 않았다.

아니, 정확하게 말하면 드래곤에게 종속되는 가디언은 자신의 마스터의 신변에 위험이 찾아오지 않는 한 확률적으로 불분명한 정보를 말하지 않는다.

그것이 가디언들의 원칙이라는 것을 생각하면, 테라는 잘못한 것이 전혀 없는 것이다.

애초에 강제 수면기는 재중에게 위험 일이 아니었다.

오히려 진정한 드래곤이 되기 위한 하나의 절차였으니 말이다.

문제는 지금 재중이 처한 상황이었다.

재중에게는 지켜야 할 존재가 있고, 그 존재는 그저 하찮은 인간이기까지 했다.

즉, 재중이 갑자기 수면기에 빠지면 영원한 이별을 할 수밖에 없다는 것이다.

차라리 죽음이라면 체념하고 받아들일 테지만, 그게 아니라는 것도 문제였다.

"우선 전해준 정보는 좋아하던가?"

—네, 테라와 접촉해서 직접 정보를 넘겨주었습니다.

그리고 아직 저희를 신뢰할 수 없는지 스스로 정보를 확인하는 듯했습니다, 마스터.

"하긴, 아직 같은 드래곤이니 나를 믿어라~ 하는 식으로 접근해 봤자 믿어줄 리가 없지. 그리고 그렇게 믿는다면 그건 내가 먼저 실망했을지도 몰라."

드래곤은 자신의 존재에 대해서 자부심이 상당한 종족이었다.

즉 수준이 떨어지는 드래곤은 드래곤 취급도 하지 않는 것이다.

최소한의 레벨과 능력이 암묵적으로 정해져 있고, 그것에는 지식과 지혜도 당연히 포함되어 있었다.

그런데 재중은 인간이다가 드래곤이 된 존재였다.

인간이 드래곤이 된 것도 황당하지만, 만약 그렇게 드래곤이 된 재중의 능력이 떨어진다면 당연히 크레이언 올드 세이라가 받아들일 리가 없었다.

즉 지금 크레이언 올드 세이라는 재중에게 접근하면서 동시에 재중을 시험하고 있는 셈이었다.

아직은 서로가 서로를 신뢰할 수 없으니 말이다.

"가만… 혹시?"

크레이언 올드 세이라는 세프와 이야기하는 도중 자신이 가장 가까이 있으면서도, 어쩌면 가장 큰 힌트가 될 만한 것을 전혀 생각지 못했을지도 모른다는 것을 깨달았다.

"오픈!"

본래 느낌이란 것은 불현듯 찾아온다.

그리고 그렇게 불현듯 찾아온 느낌이 해답이 보이지 않는 비밀을 푸는 데 중요한 열쇠가 되는 경우가 의외로 있다.

크레이언 올드 세이라는 느낌을 가진 순간 곧바로 허공에 나직하게 외쳤다.

스르륵~

세프는 보지 못하는, 아니, 정확히는 드래곤만 볼 수 있는 커다란 큐브 모양의 상자 하나가 허공에 모습을 드러냈다.

그런데 특이하게도 모양이 큐브 모양일 뿐, 장난감 같은 외형과는 달리 뿜어내는 마나의 힘은 상당했다.

—마스터, 그럼 이만 물러나 있겠습니다.

세프는 자신의 어깨를 누르는 마나의 중압감을 느끼자마자 크레이언 올드 세이라에게 물러남을 고했다.

크레이언 올드 세이라가 꺼낸 것은 바로 드래곤만 볼 수 있는 마나 형태의 족보, 정확하게는 드래곤의 족보의 원형이자 핵심인 큐브였다.

크레이언 올드 세이라는 세프를 돌아보지도 않고 그저 조용히 큐브를 살펴보았다.

하지만 그냥 느낌에 꺼냈을 뿐, 딱히 무언가 알고서 꺼낸 것은 아닌 듯했다.

그녀는 그대로 큐브를 한참 동안 살펴보기 시작했다.

1시간… 2시간… 10시간…….

크레이언 올드 세이라는 그 자리에서 꼼짝도 하지 않고 마치 정지 화면처럼 허공에 떠 있는 큐브, 아니, 정확하게는 드래곤의 족보라고 불리는 마나의 집합체를 뚫어지게 쳐다보고만 있었다.

사실 드래곤의 족보라고 하는 것 중에 스크롤이나 종이 형태인 것은 소위 말하는 복사본이었다.

그저 일부분만 꺼내서 살펴보기 위한 용도였다.

실제로 드래곤의 족보는 글자로 남기지 않았다.

드래곤이 태어나면 자연스럽게 그 드래곤의 마나가 조금 드래곤의 족보인 큐브에 기억되는 것이다.

즉, 드래곤의 족보는 그 드래곤의 마나를 기억하는 저장 장치인 셈이다.

다만 일반적으로 사용하기 편리하게 살짝 변형을 한 것일 뿐이었으니 말이다.

"음?"

거의 12시간을 큐브만 쳐다봤을까?

짧은 순간이지만 크레이언 올드 세이라는 살짝이지만 큐브에서 무언가 이질적인 기운이 감돌기 시작한 것을 감지했다.

사실, 아무리 드래곤의 족보를 관리하는 크레이언 올드 세이라라지만 지금까지 이처럼 오랫동안 큐브를 꺼내서 관찰한 적이 없었다.

왜냐하면 여태까지는 그냥 존재를 확인할 때 큐브를 꺼내 확인하거나 드래곤들의 진실을 확인하기 위해서 큐브를 사용해 왔을 뿐이었다.

그 외에는 그저 드래곤의 개체를 기록해 놓은 저장장치에 불과했었다.

그래서 이렇게 오랜 시간 꺼내놓고 큐브만 쳐다볼 일이 없었던 것이다.

하지만 재중에 대해서 생각하던 크레이언 올드 세이라는 어쩌면 큐브가 자신의 궁금증을 풀 수 있는 열쇠가 될지도 모른다는 생각이 들었다.

그래시 혹시나 하는 마음에 무작정 오랫동안 큐브를 쳐다보았는데 정말 뭔가 이상한 것이 느껴지기 시작한 것이다.

마치 지금의 큐브에 무언가 얇은 막이 덧씌워져 있는

것 같았다.

"…설마……?"

크레이언 올드 세이라는 지금 자신이 느끼고 있는 감각을 몇 번이나 확인했다.

하지만 역시나 미세하지만 큐브에서 이질적인 마나가 뿜어져 나오고 있다는 것을 확인할 수 있었다.

크레이언 올드 세이라는 불현듯 황당한 생각이 떠올랐다.

"아니겠지……. 설마… 그건 아니겠지……."

지금까지 단 한 번도 생각해 본 적이 없던 일이다.

하지만 재중이 말한 대륙의 드래곤이 모두 사라진 상황, 그리고 재중이 인간에서 드래곤이 된 황당한 현상, 마지막으로 자신이 가장 먼저 신탁을 받아 지구에 5,000년이나 먼저 와 있었던 것을 모두 이어서 생각하자 무서운 가정이 머릿속에 떠오른 것이다.

"그럴 리가 없어… 그럴 리가……."

그것도 상당히 높은 확률로 말이다.

"§ Ø Δ πηλΣ."

짧지만 귀가 울리는 듯한 이상한 언어가 크레이언 올드 세이라의 입에서 흘러나오자,

쩌거거걱!!

가만히 허공에 떠 있던 큐브가 한순간 반짝하더니 천천히 벌어지기 시작했다.

그리고 벌어진 큐브 속에서 또 다른 큐브가 모습을 드러낸 순간.

크레이언 올드 세이라는 느낄 수가 있었다.

지금껏 단 한 번도 느껴본 적이 없는 전혀 다른 마나의 기운을 말이다.

"역시… 큐브는 리셋된 거였어……. 그것도… 여러 번……."

얇은 마나의 막이 벗겨지듯 벌어진 큐브 속에 또 다른 큐브가 모습을 드러냈다.

크레이언 올드 세이라는 자신의 상상이 현실이 되었다는 것에 마냥 좋아할 수가 없었다.

아니, 오히려 억울한 듯 고운 얼굴을 사정없이 찡그리기만 했다.

그리고 조용히 크레이언 올드 세이라의 입에서 흘러온 한마디는 충격적이었다.

"대륙을 정화하려 하신 겁니까… 신이시여……."

즉, 크레이언 올드 세이라의 말에 따르면, 대륙에 드래곤이 갑자기 모두 사라진 것은 바로 신의 계획인 것이다.

그것도 황당하게도 대륙에 살아 있는 유사인종을 비롯

해 몬스터까지 모두 멸종시키기 위해서 말이다.

다만, 그런 정화 계획에 드래곤까지 포함시켰다는 것이 크레이언 올드 세이라에게는 나름 충격으로 다가올 수밖에 없었다.

신에 가장 가까운 대리인으로 생각했던 드래곤조차 그저 세상을 움직이는 장기말에 불과했으니 말이다.

그리고 그런 크레이언 올드 세이라의 생각에 확신을 주는 것이 바로 방금 큐브 속에서 튀어나온 새로운 큐브의 존재였다.

"전혀 다른 드래곤의 마나를 기록한… 큐브라니… 젠장!"

쾅!!

크레이언 올드 세이라는 자신이 지금까지 단 한 번도 느껴보지 못한 새로운 마나가 기록된 큐브를 확인하고는 분한 듯 허공에 주먹을 내쳤다.

그녀의 거친 손길에 공기가 찢어지듯 강한 충격음이 사방을 가득 채워 버렸다.

하지만 이 정도로 지금 크레이언 올드 세이라의 기분을 푼다는 것은 불가능했다.

자신들 드래곤이, 대류의 균형을 조절하는 권한을 가진 드래곤이, 사실상 신의 입장에서는 대륙을 새로 리셋할 때

같이 사라져야 하는 장기말에 불과하다는 것을 깨달았으니 말이다.

"인간에서 드래곤이 된… 재중이 어쩌면 해결책일지도……."

지구의 역사를 살펴보면 이곳도 대륙과 비슷하게 생물들이 멸종한 뒤 새로운 생명이 다시 태어나 살아가는 역사를 반복했다.

그것을 크레이언 올드 세이라도 알고 있었다.

그리고 재중의 말이 사실이라면, 재중은 신의 정화 계획을 막은 셈이었다.

그것도 인간이 드래곤이 되는 황당한 결과로 말이다.

물론 그걸 신이 왜 두고 봤는지, 어째서 그냥 가만히 있는지는 모른다.

하지만 이것 하나만큼은 확실했다.

대륙에서는 신의 의지로 유사인종과 살아 있는 생명체를 모두 죽여서 정화하는 계획이 실행되었다는 것이다.

그리고 그 정화 계획에 이용된 것이 드래고니안이라는 것도 말이다.

만약 지구와 같이 대홍수가 벌어지거나 운석을 떨어뜨렸다면 이건 정화가 아니라 멸망이었을 것이다.

아무튼 왜 그런 작은 정화 계획을 실행했는지 모르지만,

현실적으로 대륙에서 지능을 가진 존재는 모두 사라질 뻔했다.

재중이 대륙에 도착했을 때 이미 대륙의 인류와 유사인종의 90%가 사라진 상태였으니 말이다.

즉 재중이 오지 않았다면, 크레이언 올드 세이라가 시간이 되어 다시 대륙으로 돌아간다고 해도 그녀를 반기는 것은 오직 식물뿐이었을지도 몰랐다.

드래고니안은 인간뿐만이 아니라 유사인종과 몬스터까지 모두 무차별적으로 죽여 버렸다고 했으니 말이다.

"내가… 대륙으로 돌아간다면… 드래곤의 역사에서 이브가 되는 건가? 후후후훗… 황당하군……."

문득 지구의 역사에서 말하는 아담과 이브가 떠오른 크레이언 올드 세이라였다.

그녀는 어쩌면 자신이 돌아가는 대륙에는 드래곤이 모두 사라졌을 테니 자신이 새로운 드래곤의 역사를 시작하는 시작점일지도 모른다는 생각이 들었다.

그리고 동시에 떠오른 이름이 바로 이브였다.

지구의 인류의 시작이라고 알려진 아담과 이브 말이다.

그런데 막상 당사자인 크레이언 올드 세이라는 그런 사실이 좋게 받아들여지지 않았다.

원한 적도, 원하지도 않는 상황에 내던져졌다는 것은 그 누구라도 기분 좋을 리가 없으니 말이다.

"세프."

크레이언 올드 세이라가 나직이 부르자,

ㅡ부르셨습니까. 마스터.

허공에 조용히 모습을 드러낸 세프가 고개를 숙였다.

"선우재중에 관한 모든 것을 모아라."

ㅡ모든 것 말씀이십니까?

크레이언 올드 세이라의 눈빛이 심상치 않다는 것을 느낀 세프가 조용히 물어보자, 그녀가 고개를 끄덕이고는 말을 이었다.

"그래, 모든 것을 모아라, 그리고 선우연아라는 인간에 대해서도 알아야겠어. 아니… 선우재중과 관련된 모든 인간에 대해서 알아봐라."

ㅡ네, 알겠습니다.

얼핏 듣기에는 세프 혼자 하기에 황당할 정도로 어려운 일일 것 같다.

하지만 사실 그렇게 힘든 일은 아니었다.

이미 5,000년 가까이 지구에 머물면서 크레이언 올드 세이라를 옆에서 보좌해 온 세프였다.

세프는 그걸 위해 이미 지구의 모든 인간에게 손을 뻗어놓은 상태였으니 말이다.

만약 크레이언 올드 세이라가 지구에 3차 대전을 일으키고 싶다고 명령하면, 세프는 그것도 가능했다.

그런데 겨우 재중과 관련된 인간들의 정보쯤은 세프의 전화 한 통화면 끝나는 간단한 일이었다.

Chapter 02
어긋남

재중귀환록

"후후훗… 재미있군."

재중은 지금 연회장에 분위기에 개의치 않고 조용히 입가에 미소를 지었다.

그런 재중의 미소를 본 사람은 천서영이 유일했다.

하지만 그녀도 재중의 미소가 좋아서 웃는 것이 아니라는 것쯤은 이미 알고 있었다.

아니, 이곳의 모두가 그럴 것이다.

태평그룹의 박 회장이 자신의 후계자로 박태형이 아닌 박태평을 지목한 것 자체가 이곳 사람들에게는 엄청난 쇼

크였다.

아니, 서로가 서로를 어느 정도 잘 알고 있기에 받는 충격이 더욱 클지도 몰랐다.

일반적인 사람들이야 장남이니 뭐 그럴 수도 있겠다고 받아들일 수 있을지 모른다.

하지만 이곳 연회장에 있는 사람들은 모두 재벌가의 자제였다.

후에 지금의 그룹의 회장들이 물러나면 그 자리를 이어받을 자제들 말이다.

그렇기 때문에 그들은 후계자 수업을 하면서 당연하게 다른 그룹을 알게 되었다.

그리고 그와 동시에 자신에게 유리한 사람과 그렇지 않은 사람을 판단하는 안목도 같이 배웠었다.

그런 안목을 가진 자제들의 평가에서조차도 박태평은 절대로 태평그룹을 이어받아서는 안 되는 인물이라는 것이 일반적인 의견이었다.

자제들이 이 정도 충격인데 2층에 있던 현직 그룹의 회장들에게는 어떠하겠는가?

연회장의 적막은 1층에 있는 사람들이 아닌 2층에 있는 사람들에게도 똑같이 적용되고 있었다.

"미쳤군!!"

천산그룹의 천 회장은 노기를 감추지 못하는 듯 강하게 한마디 하고는 자리에서 벌떡 일어섰다.

그리고 동시에 다른 그룹들의 회장들도 기분 나쁘다는 듯한 표정으로 자리에서 일어섰다.

그러니 굳이 말하지 않아도 지금 분위기가 어떤지는 알 만했다.

"이 정도로 눈이 어두울 줄은 몰랐군… 박 회장…….."

천산그룹의 천 회장은 그래도 한때 자신의 손녀인 천서영과 짝을 이뤄주려고 했던 박태평이라 나름대로 박하지 않은 평가를 했었다.

하지만 기업가로서 냉정한 눈으로 결정을 내린 지금은 절대로 박태평은 태평그룹을 이끌 존재가 아니었다.

아니, 이건 천 회장 혼자만의 생각이 아니기도 했다.

천 회장이 일어서자 다들 동시에 기다렸다는 듯 일어서는 것만 봐도 충분했으니 말이다.

그렇지만 그렇게 자리에서 일어서면서 천 회장은 반대로 뭔가 이상하다는 의문도 들었다.

과연 태평그룹의 박 회장이 정말 눈이 어두워서 박태형이 아닌 박태평을 그룹의 후계자로 정식 발표했을까, 하는 의문 말이다.

관례적으로 이런 연회장에서 정식으로 발표한 것은 암

묵적이지만 무조건 지켜야 하는 경우가 대부분이었다.

즉 이곳에서 자칫 실수로 계약에 관한 말을 했다면, 다음 날 무조건 정식 계약으로 이어질 만큼 무게를 지니고 있었다.

그런데 하물며 그룹의 후계자 발표는 어떠하겠는가?

당장 내일이라도 태평그룹의 후계자가 박태형이 아닌 박태평이라고 기사가 난다면 아마 주식시장이 좋든 나쁘든 요동칠 것이 분명했다.

돈을 굴리는 사람들에게는 현재의 기업도 중요하지만 미래의 기업도 그 이상으로 중요했다.

지금 아무리 안전해도 미래가 불안하면 그건 주식으로서의 가치가 떨어지는 것이니 말이다.

연회장의 있는 사람 모두가 확신했다.

내일 태평그룹의 후계자로 박태형이 아닌 박태평이 선택되었다는 것이 소문나자마자 주식이 떨어질 것이라고 말이다.

하지만 그런 분위기와 달리 재중은 나직이 생각에 잠긴 채로 앉아 눈을 살짝 감았다.

'테라.'

―네, 마스터.

'마법적 컨트롤도 없다면, 태평그룹의 박 회장은 멀쩡

한 정신으로 박태형이 아닌 박태평을 선택했다는 거로
군.'

재중이 나직하게 말하자 테라가 조심스럽게 입을 열었
다.

—그게… 그런 셈이에요. 하지만… 도무지 이해가 가지
않아요. 이미 태평그룹 안에서도 박태형의 세력이 2배 정
도 강한 상황이에요. 박 회장이 그걸 모를 리도 없구요.
그런데 느닷없이 박태형이 아닌 박태평을 선택했다는 것
은 저도… 너무 의외라서…….

테라조차도 지금 박 회장의 발표를 듣고 이걸 믿어야
할지 순간적으로 의문이 생겼을 정도였다.

아니, 그렇기에 지금 연회장의 분위기가 시장바닥처럼
웅성거림이 멈추지 않는 것일지도 몰랐다.

하지만 재중은 다른 사람들과는 조금 다른 생각을 하는
중이었다.

재중은 박 회장의 발표를 듣고 사라진 박태평의 자신만
만한 표정과 그럴 줄 알았다는 듯 말하는 눈동자가 계속
마음에 걸렸다.

'테라, 만약 박태평이 태평그룹을 물려받는다면… 연아
에게 어떤 영향을 끼치지?'

지금 재중이 박태평을 이렇게 신경 쓰는 것은 오로지

연아 때문이었다.

카페 프랜차이즈 사업을 시작하는 연아다.

천산그룹과 연계도 하고 브라질에서 원두를 공급받는 등 나름대로 기초를 튼튼하게 해서 전문적으로 시작하는 것 같지만, 사실 정확하게 말하자면 이제 막 사업을 시작하는 풋내기에 불과했다.

하지만 태평그룹은 국내 음식 관련 기업으로서 1위 자리를 지키고 있었다.

즉 아무리 천산그룹이 배경에 있다지만 대기업인 태평그룹이 마음만 먹는다면 일이 어려워질 공산이 컸다.

연아가 하려는 사업에 엄청난 장해물이 될 가능성이 상당한 것이다.

거기다 재중과는 악연으로 묶여 있는 박태평이다.

그라면 태평그룹의 손해를 감수하고서라도 연아의 사업을 집요하게 방해하려 들지도 몰랐다.

아니, 100% 방해할 것이다.

그것도 연아가 한국을 떠날 때까지 말이다.

―그냥, 대평그룹 자체를 무너뜨릴까요?

테라로서는 재중이 원했기에 시간이 걸리고 자본이 들어가는 주식 쪽으로 천천히 움직였을 뿐이다.

사실 테라가 태평그룹을 무너뜨리려고 했다면 진작에

무너뜨릴 수도 있었을 것이다.

요식업 쪽에서는 국내 1위라는 태평그룹이지만, 그래 봤자 지구의 일개 기업에 불과하다.

마법을 사용하면 지구에서는 상식 밖의 수단으로 길게는 6개월, 짧게는 한 달 만에도 무너뜨릴 수 있었으니 말이다.

'…귀찮게 됐군…….'

재중이 잠시 미간을 찡그렸다.

설마 이런 식으로 자신이 전혀 예상하지 못했던 문제가 갑자기 튀어나올 줄은 몰랐다.

하지만 태평그룹을 무너뜨리더라도, 우선 어째서 박 회장이 박태평을 밀어주기로 했는지 이유는 알아야 했다.

만약 제3의 존재가 있었다면, 오히려 태평그룹을 무너뜨림으로써 재중의 존재를 드러내는 결과밖에 되지 않으니 말이다.

그리고 연아에게 그런 제3의 존재는 더 큰 위험일 수밖에 없었다.

─마스터, 뭐 마스터께서 작은 마스터를 얼마나 끔찍하게 생각하는지는 저도 잘 아는데요. 어느 정도 조금은 멀리 떨어져서 상황을 지켜보는 것이 좋지 않을까요?

'…무슨 말이지?'

재중은 테라가 뜬금없는 말을 하자 의아하다는 듯이 되물었다.

　ㅡ아니, 마스터께서 서두르시는 게 느껴져서요. 확실히 드래곤은 성룡으로 각성하면 강제 수면기에 들어가긴 해요. 하지만 그건 드래곤으로 태어나 성룡이 된 드래곤에게만 해당하는 상황이에요, 마스터.

　'……'

　재중은 조용히 듣기만 했다.

　ㅡ크레이언 올드 세이라 님이 마스터를 향해 드래곤이라고 말했다면, 마스터는 확실히 드래곤이신 게 맞아요. 하지만 드래곤이 된 과정이 완전히 다르기 때문에 어떤 변수가 있을지는 사실 그 누구도 몰라요, 마스터.

　테라는 지금 자신이 재중에게 일부러 말하지 않은 것이 아니라는 것을 변명하는 것이 아니었다.

　그보다 테라는 지금 크레이언 올드 세이라의 말에 너무 재중의 생각이 기울어진 것을 염려하고 있었다.

　재중이 주변의 모든 것을 서두르는 모습 때문에 나직이 조언을 하는 것이다.

　'그럴 수도 있지. 그리고 테라 네가 하려는 말이 뭔지도 나도 알고 있고……. 하지만 1%라도 그 가능성 때문에 내가 갑자기 강제 수면기에 빠져든다면? 이건… 돌이킬 수

가 없는 상황이 벌어질 거다.'

—그야… 그렇긴 하지만요…….

분명 테라로서는 재중의 말에 아니라고 말할 수가 없었
다.

하지만 역시나 확률이라는 애매한 것이 발목을 붙잡는
것은 어쩔 수 없었다.

즉 99%가 아니고 1%가 맞다면 언뜻 봐서는 아주 높은
확률로 아닌 것처럼 보일 것이다.

하지만 그건 말 그대로 확률일 뿐이다.

실제로는 아니다와 맞다, 50:50인 것이다.

확률은 그저 수치로 표시된 지표일 뿐이다.

99%의 확률에도 실패할 수가 있다.

1%의 확률에도 성공할 수도 있다.

그럼 99%나 1%나 똑같은 것이다.

결과적으로 재중에게는 높지도 낮지도 않은 확률인 셈
이었다.

오직 재중이 수면기에 들어가느냐, 아니냐의 문제였으
니 말이다.

당장 내일이라도 수면기에 들어가느냐, 아니면 충분히
재중이 마무리를 하고 나서 수면기에 드느냐의 문제였기
에 지금 테라의 조언은 사실 큰 힘이 없는 셈이다.

어차피 수면기에 들어가기는 해야 했으니 말이다.

다만 언제 재중이 잠드느냐가 문제인 것이다.

"재중 씨?"

"……?"

재중이 눈을 감고 가만히 있자, 천서영은 혹시 재중이 잠든 것은 아닌지 슬쩍 불러보았다.

잠시 후 천천히 눈을 뜨는 재중의 모습에 천서영은 조용히 안심했다.

사실 보통 사람이라면 지금 이 연회장의 분위기에서 잠든다는 것은 거의 불가능한 일이다.

하지만 재중의 성격을 생각하면 불가능하지도 않았기에 내심 걱정이 든 것이다.

물론 재중은 그런 것을 그다지 신경 쓰지 않을지도 몰랐다.

하지만 이곳은 파티장이었다.

즉 이런 파티장에서 재중이 잠든 것이 알려지면 대단한 실례를 하는 것이기도 했다.

특히 태평그룹에게는 불쾌하게 받아들여질 수도 있는 조금은 민감한 사항이었다.

그래서 천서영은 재중이 오래 눈을 감고 있자 불안해서 부른 셈이었다.

"계속 여기 있을 건가요?"

천서영은 이미 연회장의 분위기가 더 이상 파티를 이어가기에는 틀렸다는 것을 느끼고 있는 중이었다.

실제로 몇몇 그룹의 자제들은 이미 연회장을 벗어나 버렸으니 말이다.

물론 떠나면서 급한 일이 생겼다는 핑계를 대긴 했다.

하지만 아마 이곳에 있는 모두는 알고 있을 것이다.

이미 파티 분위기는 끝났다는 것을 말이다.

다만 천서영은 재중과의 첫 파티 모임이 이렇게 끝난 것이 못내 아쉬운 듯한 표정을 숨기지 못했다.

사실 이 파티장에 천서영이 굳이 재중과 동행을 한 것도, 이곳에 동행하는 것 자체가 자신이 재중의 여자라는 것을 알리는 것과 같기 때문이었다.

그런데 박 회장의 충격적인 발표로 파티 자체가 어수선하게 끝나 버렸으니 답답한 마음을 숨기지 못하는 건 어쩌면 당연했다.

"그럼 돌아가죠."

재중도 그런 천서영의 기분을 눈동자를 마주하는 순간 느꼈지만, 별말 없이 돌아가자고 했다.

"잠시만요, 할아버지께 인사는 하고 가야 할 듯해요."

아무리 분위기가 어수선해도 2층에는 아직 천 회장과

다른 그룹의 회장들이 있었다.

갈 때 가더라도 인사는 하고 가야 했다.

뭐 물론 지금 이 순간에도 그냥 자기 기분에 나가는 어린 녀석들도 제법 있지만 말이다.

워낙에 제멋대로 살면서 자신의 기분에 거슬리는 존재를 참은 적이 없는 녀석들이다 보니, 이런 상황에 고스란히 본래 성격이 드러나는 셈이었다.

"아직 있었던 모양이군그래."

천 회장은 천서영과 같이 올라온 재중을 보고는 방금 전까지 찡그리던 표정을 말끔하게 지우고 재중을 맞이했다.

그리고 천 회장의 모습을 지켜보던 다른 그룹의 회장들도 재중을 보는 순간 눈빛이 변했다.

무려 200억 달러를 그냥 무상 지원하는 재중의 큰 배포를 이곳에 있는 사람이라면 다 알고 있었다.

아니, 300억 달러였다.

최근에 천산그룹을 통해서 한국 정부에도 100억 딜러를 그냥 줬으니 말이다.

이곳에 있는 그 어떤 그룹도 재중처럼 돈을 쓰진 못할 것이다.

물론 돈을 버는 것이야 가능하다.

하지만 재중은 버는 돈이 모두 개인 재산이라는 것이
이들과 명백하게 다른 재중만의 차이점이었다.

어쩌면 이곳에서 가장 많은 재산을 가진 사람은 재중
일지도 몰랐다.

"허허… 이런 젊은 사람일 줄은 몰랐군그래."

"그러게… 굉장한 능력이 있는 젊은이지."

천 회장과 가까이 있던 다른 그룹의 회장들은 천천히,
하지만 자연스럽게 천 회장을 통해서 재중과 인사를 나누
기 시작했다.

친구가 결혼한다고 200억 달러를 그냥 주는 남자였다.

친해져서 나쁠 이유가 없는 것이다.

이미 그 증거로 재중은 천산그룹을 통해서 100억 달러
를 정부에 무상 지원했으니 말이다.

만약 그 100억 달러를 천산그룹에 지원했다면 어떻게
되었을지… 생각하는 것만으로도 등에 식은땀이 흐르는
회장들이었다.

자본주의 사회에서는 돈이 바로 힘이다.

거기다 천산그룹은 이미 국내에서는 그 누구도 넘볼 수
없는 부동의 1위 기업이었다.

그런데 그런 곳에 무상으로 100억 달러가 지원된다면?

이건 다른 기업들은 몇 대를 거치더라도 절대로 따라잡지 못하는 상황이 벌어질지도 몰랐다.

반면, 혹시라도 재중과 친해져서 자신의 기업에 재중이 지원한다면?

천산그룹은 무리지만, 다른 기업은 해볼 만한 싸움이 되는 셈이었다.

돈으로 하는 전쟁에서는 결국 누가 더 많은 돈을 가지고 있느냐가 승패를 좌우하는 셈이었으니 말이다.

물론 그런 생각에 이미 다른 국가들도 재중에 대해서 대단한 관심을 보내고 있었다.

그런데 현실적으로는 이상하리만큼 재중의 주변이 조용했다.

당장 다른 외국 기업들의 사람들이 재중에게 접근해야 정상이었는데도 말이다.

물론 재중이 보통의 사람이라면, 아니, 테라가 없었다면 이미 사람들에 시달리고 있을지도 몰랐다.

테라는 스파이 위성으로도 재중의 소재를 파악하기 힘들게 이미지 마법을 사용하고, 빅헨드의 힘을 이용해서 이미 각 정보부 쪽에 적당히 손을 써놓은 상황이었다.

그래서 그나마 지금 재중의 주변에 큰 변화가 없는 것이다.

만약 테라가 그러지 않았다면, 분명 재중은 한국에 들어
오는 순간 각 대사관의 대사들의 초청과 방문을 받았을 것
이 확실했다.

Chapter 03
평범한 데이트

재중귀환록

"아… 이제야 좀 편안하네요."

　천서영은 천 회장과 다른 그룹의 회장들에게 인사를 하
고는 그대로 연회장을 벗어나 버렸다.

　이미 끝난 파티장에 있는 것만큼 곤욕인 것도 없으니
말이다.

　특히나 박태평의 이름이 논란이 되는 곳에 있는 것은
재중보다 천서영이 싫었다.

　"재중 씨?"

　"……?"

그런데 천서영은 밖으로 나와서 시간이 좀 되도록 재중이 아무런 말이 없자 의아함을 느끼고 슬쩍 재중의 눈치를 살피듯 불렀다.

"왜 그래요? 무슨 걱정이라도……? 혹시 그 사람 때문에 그래요?"

천서영이 굳이 박태평의 이름을 말하지 않은 것은, 한때 자신의 약혼자이기도 했지만, 재중과 얽힌 관계를 고스란히 알고 있기 때문이다.

천서영이 슬쩍 그 사람이라는 말로 돌려서 한 질문에 재중이 입을 열었다.

"그냥, 세상은 재미있다는 생각이 드네요."

"네……?"

뜬금없이 재중이 입가에 미소를 지으면서 세상이 재미있다는 말을 하자 천서영은 영문을 모르겠다는 듯 되물었다.

"뭐가 재미있었어요?"

천서영은 아무리 생각해도 파티가 전혀 재미있지 않았었다.

천서영이 무슨 소리냐는 듯이 재중을 빤히 쳐다보면서 물어보자,

씨익~

재중은 굳이 그런 천서영에게 대답하기보다는 작게 웃어 보일 뿐이었다.

마치 말하지 않아도 알고 있지 않느냐는 듯한 표정으로 말이다.

"…이제부터 뭐해요?"

딱히 재중이 대답하진 않았지만, 천서영도 대충 박태평과 관련되어 있을 것이라는 것을 어렵지 않게 짐작했다.

결국 천서영은 슬쩍 분위기도 바꿀 겸 말을 돌렸다.

"뭐 하고 싶은 거라도 있나요?"

"……!"

천서영은 순간 재중을 빤히 쳐다봤다.

언제나 무슨 생각을 하는지 알 수 없는 재중이 오늘은 자신이 하고 싶은 걸 말하면 해주겠다는 듯 말한 것이다.

놀라지 않을 수 없었다.

그러나 천서영이 놀라워한 것은 잠시였다.

그녀는 빠르게 정신을 차리고는 말했다.

언제 재중의 생각이 바뀔지도 모르니 말이다.

"저 놀이공원 가고 싶어요!"

사실 천서영도 뭔가 딱히 하고 싶은 것이 있는 것은 아니었다.

하지만 지금 같은 기회가 언제 또 올지 모른다는 생각

에 얼떨결에 데이트라면 가장 먼저 떠오르는 놀이공원을 말한 것이다.

"음… 뭐 가죠."

"네!!"

그런데 재중이 의외로 쉽게 고개를 끄덕였다.

천서영은 곧 자신이 놀이공원을 선택한 것을 하늘에 감사했다.

영화나 다른 것이라면 기껏해야 몇 시간이지만, 놀이공원은 짧아도 반나절은 같이 있을 수 있었다.

그러니 그녀로서는 재중에게 가까이 갈 수 있는 기회인 것이다.

반면 재중은 천서영이 노골적으로 좋아하는 모습에 작게 미소를 지을 뿐이었다.

'너무 무심했었군.'

큰 것도 아니었다.

그저 놀이공원 가고 싶다고 해서 간다고 했을 뿐이었다.

그런데 겨우 그 정도의 일에 지금 천서영의 표정과 눈동자에는 행복한 기분이 가득했으니 말이다.

─마스터께서도 이제는 어느 정도 여자에 대해서 공부가 필요해요…….

테라도 지금 재중의 모습에 보다 못해 한마디 하자,

'하지만… 말을 해야 하나…….'

—…아… 그러고 보니 천서영도 알아야 하는 존재였네요…….

테라는 연아만 집중하고 있다가 이제는 천서영도 재중과 인연이 되었다는 것에 그녀도 알아야 한다는 것을 뒤늦게 깨달았다.

재중이 수면기에 들어가면, 헤어지는 것은 연아만이 아니었다.

천서영도 영원히 재중을 잃어버리는 셈이었으니 말이다.

—아… 죄송해요, 마스터……. 설마 이런 결과가 벌어질 줄은… 차라리 그냥 인연을 만들지 않고 작은 마스터만 찾을 것을…….

사실 재중이 인연을 만들도록 뒤에서 은근히 조종한 것이 바로 테라였다.

재중이 연아를 찾는다는 것은 그녀에게 아주 좋은 구실이 되었다.

물론 테라는 재중이 적극적으로 인연을 만들어서 본래 재중이 살아야 했던 환경에서 행복하게 살길 바랐던 것이다.

하지만 세상일이 다 그렇듯이, 이상하게 엉뚱하게 흘러가게 마련이었다.

지금처럼 말이다.

결과적으로 지금 재중은 인연을 만든 것이 오히려 발목을 붙잡는 결과를 만든 셈이었다.

아무리 좋은 의도로 했다고 해도, 결과가 나쁘게 된다면 그건 어쩔 수 없이 나쁜 일이 된다.

'아니다. 이렇게 흘러가는 것도 내 운명이겠지.'

재중은 천서영을 받아들인 것을 후회한 적은 없었다.

수면기에 대해서 알기 전까지는 말이다.

하지만 이미 지나간 과거를 후회해 봐야 달라지는 것은 없었다.

재중은 조용히 고민을 떨쳐 버렸다.

지금은 당장 중요한 것을 생각할 시간이었다.

연아에게는 어떻게든지 마무리를 짓고 이야기해야 했다.

자신이 연아의 곁을 떠날 수 있다는 것을 말이다.

왜냐하면 핏줄이었으니까.

피를 나눈 가족이니까 최대한 할 수 있는 것은 마무리하고 이야기해야 하는 것이다.

하지만 연아와 달리 천서영은 연인이었다.

사랑하는 사이였지만, 그렇기 때문에 연아와 달리 천서영은 늦게 알리게 되면 그만큼 상처가 클 수밖에 없는 것이다.

　'연아는 최대한 늦게… 하지만 서영이에게는 최대한 빠르게 알려야겠지.'

　재중이 나직하게 말하자 테라가 그에 동조했다.

　—그건… 마스터의 말이 맞긴 해요… 작은 마스터와 천서영은 관계가 다르니까요.

　냉정하게 보일 수도 있었다.

　하지만 지금 재중은 얼마나 남았을지 모르는 시간에 매여 있는 상황이다.

　그렇기에 오히려 더욱 냉정하면서도 논리적으로 관계를 구분 지을 수밖에 없었다.

　아무리 원하지 않아도 재중은 이별을 준비해야만 했으니 말이다.

　"아… 안 되겠다…….."

　천서영은 재중이 놀이공원에 간다는 말에 너무 좋아했다.

　하지만 순간 시계를 보고는 탄식이 섞인 한숨을 내쉴 수밖에 없었다.

　이미 오후가 훌쩍 지나 버린 것이다.

지금 당장 움직인다고 해도 늦은 시간이었다.

본래 파티가 오후에 시작하기도 했다.

거기다 워낙에 시끄러운 상황에 있다가 벗어나서 시간이 얼마나 흘렀는지 생각하지 못했던 것이다.

"시간이 많이 지나긴 했구나……."

재중도 그냥 천서영이 가고 싶다고 해서 대답했다가 같이 시계를 보고는 피식 웃어버렸다.

아무래도 운명이 오늘 천서영에게 말하라고 말하고 있는 것처럼 느껴져서 말이다.

"그럼 그냥 바람이나 쐬죠."

재중은 놀이공원은 못 가더라도, 기분 전환으로 바람을 쐴 수는 있다는 듯 말했다.

"네~ 대신 운전은 제가 해요."

역시나 재중이 드라이브하자고 하자 운전에 욕심을 내는 천서영이었다.

*   *   *

잠시 후, 어째서인지 천서영이 재중의 차를 몰고 도착한 곳은 사람들이 많이 찾는 강변이었다.

물론 뭐 여기가 그다지 나쁘다는 생각을 한 재중은 아

니다.

하지만 천서영의 집안을 생각하면 왠지 소박해 보인다고 할까?

그런 느낌이 들어 쳐다보자 천서영이 재중의 시선을 느낀 듯 돌아보며 물었다.

"왜 그래요? 이상해요?"

천서영도 바람 쐬러 가자는 말에 불과 30분 거리에 있는 강변으로 온 것을 재중이 이상하게 생각한다는 것을 알았나 보다.

되묻는 그녀를 향해 재중이 고개를 끄덕이자 천서영이 피식 웃었다.

"오히려 전… 이런 곳에 와본 적이 없어요, 뭐랄까… 그냥 알고는 있지만 오지 않았다고나 할까? 뭐 그러다 보니 재중 씨와 꼭 한 번은 오고 싶은 곳이었어요."

피식~

재중은 왠지 소박한 천서영의 말에 피식 웃어버렸다.

소박하지만, 오히려 그래서 진심이 느껴지기도 했으니 말이다.

자전거를 타고 지나가는 사람, 돗자리를 깔고 누워서 음식을 먹는 사람들, 그 외에도 데이트를 온 건지 다정하게 앉아서 이야기를 나누는 사람 등 온갖 사람의 모습이 쉽게 눈에 띄는 곳이 바로 이곳 강변이었다.

이미 데이트 코스로도 유명한 곳이다 보니 사람이 많은 것은 당연했다.

거기다 해가 지려고 하는 이맘때 날씨가 데이트하기 딱 좋은 것도 어느 정도 인파에 한몫하는 듯했다.

차락~

천서영은 이미 이럴 것을 알고 준비를 했는지 다른 연인과 같이 돗자리를 깔고 먼저 앉더니 재중을 향해 손짓하는 것이다.

"앉아서 보면 풍경이 좋아요. 저기 보이는 아파트가 다른 곳보다 비싼 것도 모두 여기 풍경이 좋아서 그런 거니까요."

재중과 온 것이 마냥 좋은지 입가에 미소를 그리는 천서영이었다.

재중이 조용히 자리에 앉자 천서영이 재중을 돌아보며 확인하듯 물었다.

"어때요? 좋죠?"

"좋군."

재중도 사실 이렇게 느긋하게 강변에 앉아서 쉰 것은 처음이다 보니 조금 새롭기는 했다.

뭐랄까 여유가 느껴진다고나 할까?

약간은 재중도 마음이 푸근해지는 느낌이었다.

천서영은 뭐가 그렇게 좋은지 재중에게 계속 이야기하면서 웃으며 시간을 보내기 시작했다.

바로 옆에서 봐도 연인이 와서 데이트를 즐기는 모습, 딱 그 모습이었다.

그런데 어느 정도 시간이 흘렀을까?

천서영이 눈을 반짝거리기 시작했다.

"재중 씨."

"응?"

"배고프지 않아요?"

"음……."

재중은 사실 어차피 먹지 않아도 사는 몸이었기에 먹는 것에 대해 그다지 집착이나 욕심이 없었다.

그나마 혼자 커피를 마시면서 그냥 조용히 바깥을 보는 것을 좋아할 뿐이다.

하지만 지금 천서영이 눈빛으로 배가 고프다고 말해달라고 노골적으로 요청하는 게 빤히 보였다.

그리고 어차피 오늘은 적당히 말을 들어주기로 했기에 재중은 고개를 끄덕여 주기로 했다.

어차피 아까 파티장에서도 거의 먹은 것이 없었다.

그러니 보통 사람인 천서영은 지금쯤이면 당연히 배가

고플 수밖에 없다는 것을 재중도 알고 있으니 말이다.

"고픈데 왜? 뭐라도 먹으러 갈까?"

재중이 일어서려고 하자 천서영이 고개를 저으면서 재중을 잡았다.

"아니요~ 여기서 전화하면 여기까지 배달이 와요."

"……?"

재중은 천서영이 하는 말을 듣고 고개를 갸웃거렸다.

배달이야 이미 전 세계적으로 유명한 한국이었으니 그럴 수 있다고 하지만 여기는 강변이었다.

물론 사람이 많지만, 대부분 여유를 즐기는 사람들이었기에 배달 음식을 먹는 사람이 있으리라고는 생각하지 못했던 것이다.

무엇보다 딱히 주소라고 부를 만한 건물도 없는 곳이었다.

이런 곳에 배달을 시키면 온다는 말에 재중이 살짝 고개를 갸웃거렸다.

그러자 천서영이 강변 한쪽을 손가락으로 가리키며 말했다.

"저기 봐요. 저쪽에도 지금 자장면 먹고 있고, 저기는 탕수육까지 먹고 있는걸요."

재중이 천서영의 말에 고개를 돌리자 정말 주변에 그런

사람들이 있었다.

도시락을 먹거나 김밥 같은 간단한 것을 싸온 사람도 물론 많았다.

하지만 그에 못지않게 배달 음식이라고 할 수 있는 자장면을 먹거나 탕수육에 맥주를 즐기는 사람도 제법 많았다.

그리고 때마침 재중과 천서영이 있는 곳 바로 옆자리에 막 배달이 왔다.

가족끼리 온 작은 그늘막 텐트를 향해 치킨 배달원이 다가가서 치킨을 전해주고는 돈을 받는 모습이 보였다.

"봐요, 우리도 시켜 먹어요."

살짝 애교를 섞은 천서영의 모습에 재중이 피식거렸다.

그러더니 곁을 지나가는 치킨 배달하는 사람을 향해 소리쳤다.

"저기, 치킨 한 마리 여기도 배달해 줄 수 있습니까?"

"네?"

배달원은 오토바이를 향해 가다가 재중이 부르는 목소리에 돌아보았다.

치킨 한 마리 달라는 것이다.

"네, 당연히 배달됩니다. 양념, 후라이, 아니면 반반? 어떤 걸로 가져올까요?"

"반반! 그리고 음료수도 같이 가져다주세요."

"아… 네."

재중이 갑자기 불러 세웠지만, 배달원은 이런 일이 제법 흔한지 능숙하게 주문을 받았다.

그러고는 재중의 전화번호를 물어보고는 한 번 전화를 걸어 확인까지 했다.

"30분 걸릴 겁니다……."

"네, 그럼 부탁합니다."

재중이 나직하면서 정중하게 대답하자 배달원도 덩달아 공손히 재중을 대했다.

사실 배달하는 사람을 무슨 심부름센터 직원 부리듯 하는 사람이 워낙 많았다.

그러다 보니 재중처럼 정중한 사람에게는 자신도 모르게 정중해질 수밖에 없었다.

자장면 시켜놓고는 가는 길에 자기 집 쓰레기를 버려달라며 막무가내로 쓰레기봉투를 넘기는 사람도 있다고 한다.

놀랍지만 그런 사람이 의외로 많을 정도니 말이다.

"이야~~ 치킨이다~ 치킨."

천서영은 재중과 단둘이 있다는 것이 좋은 건지, 아니면 치킨을 먹게 돼서 좋은 건지는 알 수 없었다.

아무튼 기분이 좋아 보였다.

다만, 시간이 지날수록 재중과 천서영이 있는 곳을 힐끔거리는 남자와 여자가 점차 늘어났다.

천서영은 다 좋지만 다만 그게 조금 거슬렸다.

Chapter 04
노숙자(1)

재중귀환록

"음… 어디서 본 듯한데…….”

"그러게… 진짜 잘생겼다…….”

"여자 쪽도 만만치 않은 미녀인데…….”

물론 재중과 천서영 두 사람 모두 다 어딜 가도 쉽게 시선을 사로잡는 얼굴을 가지고 있다 보니 이건 어쩌면 당연한 일일지도 몰랐다.

사방이 시원하게 트여 있는 강변에, 그것도 돗자리 하나 깔고 앉아서 알콩달콩 있는 연인의 모습이면 쉽게 눈에 띄는 게 정상이니 말이다.

그런데 사람들은 재중의 얼굴을 보고 잘생겼다고 하면서도, 왠지 어디서 본 듯한 느낌을 받기 시작했다.

분명 어디서 본 듯한데, 딱히 어디서 봤는지 기억나지 않는 것처럼 말이다.

사실 2박 3일이 시청률이 좋다고 하지만, 워낙에 전 시즌에서 바닥까지 떨어진 상황이라 재중이 출연했다고 해도 아는 사람이 적은 것이다.

거기다, 2박 3일에서는 재중보다 재중이 가지고 있는 슈퍼카들이 워낙 이슈가 되다 보니 재중의 얼굴이 쉽게 잊혀진 것도 어느 정도 영향이 있기도 했다.

거기다 SY미디어에서 소속 걸그룹을 밀어주다 보니 재중은 빠르게 사람들의 기억에서 잊혀져 버렸다.

하지만 그거야 TV 매체에서나 재중이 잊혀지기 시작한 것이지, 모든 사람의 기억 속에서는 아니었다.

워낙에 한 번 보면 쉽게 잊기 힘든 재중의 얼굴이 어느 정도 한몫했던 것이다.

"아! 기억났다."

그리고 우연인지, 아니면 거의 30분 넘게 앉아서 재중을 계속 쳐다봐서인지, 조금 떨어진 곳에 있던 여자 한 명이 놀라면서 재중을 기억해 내버렸다.

"저 사람… 그 사람이야, 그 사람!"

"응? 그 사람이라니?"

여자의 남친은 갑자기 자리에서 벌떡 일어나 무조건 그 사람이라고 하는 자신의 여친을 이상하게 보면서 되물어 보았다.

"그 슈퍼카, 알잖아, 2박 3일에 나왔던 슈퍼카 주인, 아니, SY미디어 대표 몰라?"

"SY미디어 대표……? 헉… 설마 그 200억 달러… 남자?"

재중하면 200억 달러 남자라는 것이 거의 별명이 되어 버린 듯했다.

재중의 이름보다 200억 달러가 먼저 사람들의 입에서 튀어나오는 조금은 황당한 상황이 벌어지고 있는 것을 보면 말이다.

"진짜?"

"잠깐만, 검색해 볼게."

그러고는 여자가 자신의 스마트폰을 꺼내 간단하게 200억 달러 남자라는 검색어를 입력했다.

그러자 놀랍게도 재중의 사진과 프로필 등이 순식간에 스마트폰 화면을 가득 채워 버렸다.

"맞네, 그 사람이야, 선우재중 말야. 고아인데 자수성가 해서 월가에서 빅핸드라는 괴물로 불리는 사람, 자산이 얼마인지 아무도 모른다는 그 사람이야."

마치 연예인을 본 듯 여자가 호들갑을 떨었다.

그러자 주변 사람들도 자연스럽게 호기심이 생긴 듯 여자와 같이 재중을 검색해 보더니 스마트폰의 사진과 지금 자신들의 눈앞에 있는 재중의 얼굴을 몇 번씩 비교하기 시작했다.

"헉.! 진짜다."

"수백억 달러 재산을 가진 사람도 여기서 돗자리 깔고 데이트하는구나……."

"그럼 옆에 여자는 천서영이겠네?"

재중이 이슈가 되면서 S대에서 천서영과 재중와 관계가 이미 알 만한 사람은 다 아는 상황이 되어버렸다.

자연스럽게 재중의 옆에 앉아 있는 여자가 천산그룹 천 회장의 손녀인 천서영일 것이라고 생각하면서도 손가락은 검색을 하고 있는 사람들이었다.

"맞네. 사진으로 보다 실제로 보니 장난 아니게 예쁘네……."

"그러게… 재벌가는 다 그냥 돈만 많은 줄 알았는데 얼굴도 웬만한 연예인 저리 가라다."

남자들은 당연히 천서영에게 관심을 보였고, 여자들은 재중에게 관심을 보이고 있었다.

그도 그럴 것이 재중의 이미지가 워낙 좋았던 것이다.

스페인에서 친구의 결혼식을 위해 200억 달러를 준 것은 전 세계적으로 이슈를 넘어 한국 사람은 의리를 위해서는 돈 따위는 상관하지 않는다는 이미지를 심어주기도 했으니 말이다.

그런데 일반 사람들이 모르는 일이 한 가지 있었다.

분명 재중은 200억 달러를 스페인에 그냥 무상으로 줬었다.

하지만 테라가 스페인에도 투자를 많이 해놓은 상태였다.

그러다 보니, 아이러니하게도 재중이 준 200억 달러의 상당 부분이 그대로 다시 재중의 수중으로 들어와 버린 것이다.

테라가 투자한 기업과 사업체들이 재중이 준 200억 달러를 받아 활발하게 움직이기 시작했다.

그러면서 오히려 줬던 액수보다 더 많은 수익이 테라의 손에 들어와 버린 것이다.

그러다 보니 불과 한 달 만에 재중은 200억 달러를 다시 복구시켜 버렸다.

의도하진 않았지만 이런 상황이다 보니 월가에서는 역시 괴물은 괴물이라고 하면서 고개를 끄덕였다.

무조건 돈을 빼앗는 것이 아니라, 돈을 주면서 오히려 돈을 만들어서 더욱 큰 이윤을 얻는 특이한 방식이 성공했으니 말이다.

주식은 도박이었다.

뭐 합법적인 도박인 셈이다.

하지만, 그런 주식에서도 돈을 줘서 경제를 활발하게 만들어서 투자이익을 다시 얻는다?

이건 정말 낙타가 바늘구멍 통과하는 것보다 힘든 확률인 것이다.

거기다 그곳이 국가 자체가 휘청이는 곳이라면 더더욱 말이다.

하지만 재중은 의도하지 않고 그냥 준 200억 달러로 스페인 경제의 숨통을 트이게 해주었다.

그리고 국민들에게 한국에 대한 엄청난 이미지 상승효과를 가져오면서 당연히 무역도 활발하게 만들어 버렸다.

테라는 돈이 되는 것이라면 물불을 가리지 않고 투자한 상태였다.

한국에도 제법 많은 지분을 가지고 있었지만 그 밖에도 스페인은 물론이고 전 세계적으로 지분을 골고루 가지고 있었다.

즉 스페인의 경제가 살아나기 시작하자 그동안 뿌려놓은 투자가 한꺼번에 터지듯 돈이 굴러 들어오기 시작한 것이다.

그것도 불과 한 달 만에 200억 달러가 고스란히 회복될 만큼 말이다.

그뿐만 아니라 이미 한국에 줬던 100억 달러도 며칠 만에 복구한 상태였다.

돈을 써도 돈이 벌리는 조금은 이상한 상황이 되어버린 것이다.

반면 그런 내막을 모르는 주변 사람들은 그냥 신기하게 재중과 천서영을 쳐다볼 뿐이었다.

"돈 많은 사람도 결국 같은 건가?"

"후후훗. 뭐 아무리 돈이 많아도 결국 여기서 돗자리 깔고 데이트하는 건 똑같네."

뭐랄까, 재중이 친구를 위해서 무엇이든 한다는 좋은 이미지를 가졌기 때문일까?

사람들은 재중이 돗자리 깔고 앉아서 천서영과 데이트하는 모습을 긍정적으로 받아들이고 있었다.

돈 많으면서 뭣하러 여기 와서 난리치는지 모르겠다는 식의 빈정거림은 찾아볼 수가 없는 조금은 특이한 모습으로 말이다.

"헛… 치킨도 배달시켜 먹나 봐."

"반반이네. 크크큭."

"역시 치느님은 반반이 진리지."

본래는 유명한 개그맨 MC에게서 시작된 단어였지만, 지금은 치킨을 치느님이라고 하면서 무슨 종교 부르는 듯 말하는 게 하나의 유행이 되었다.

"치느님 앞에서는 모두가 평등하네, 크크큭."

돈이 수백억 달러가 있든 그렇지 않든 치킨을 시켜 먹는 것은 똑같다는 것에 다들 고개를 끄덕였다.

그러면서 대부분의 사람이 잠시 재중과 천서영을 지켜보다 자리를 떴다.

비록 재중이 연예인은 아니지만 지금은 웬만한 연예인보다 사람들의 관심을 받는 것이 사실이었다.

그런데 조금은 떨어진 곳에서 지켜보는 사람들 가운데, 허름한 옷에 옆에 가기만 해도 왠지 냄새가 날 것 같은 남자가 있었다.

그런데 그 남자가 사람들 틈에서 벗어나 천천히 걸어서 앞으로 나갔다.

"응? 노숙자?"

"노숙자 같은데?"

누가 봐도 강변에서 가끔 볼 수 있는 노숙자 차림의 남자가 사람들 틈바구니에서 빠져나오더니 그대로 재중과 천서영을 향해서 똑바로 걸어가기 시작한 것이다.

"헐… 저기로 가나 봐."

"구걸하려는 건가?"

"설마… 쫓겨나지만 않으면 다행이지."

사람들은 당연히 노숙자가 재중에게 가는 모습에 곧 쫓겨날 것이라고 생각했다.

우선 자신들도 노숙자가 가까이 오면 싫었으니 말이다.

*   *   *

"돈 많습니까?"

사람들 틈바구니에서 빠져나와 재중과 천서영에게 다가온 노숙자 차림의 남자는 거침없이 두 사람에게 다가갔다.

그러다 불과 2미터 정도 앞에 멈추더니 잔디에 그대로 주저앉았다.

그러고는 재중을 향해 돈이 많이 있냐고 대뜸 물어보는 것이다.

"……?"

천서영은 순간 노숙자가 자신들에게 하는 말이 이해가

가지 않는 듯 고개를 갸웃거렸다.

하지만 재중은 입가에 미소를 짓더니 노숙자를 조용히 쳐다보기 시작했다.

"실례인 줄 알지만, 궁금해서 그럽니다. 돈 많습니까?"

확실히 실례가 되는 행동이었다.

거기다 말도 대뜸 돈이 많냐고 물어보는 것도 말이다.

물론 보통은 이런 노숙자의 모습에 화를 내는 것이 당연했다.

하지만 재중은 오히려 입가에 미소를 그리더니 살짝 일어서서 돗자리 끝으로 가더니 마주 보고 앉았다.

"재중 씨?"

천서영도 재중이 갑자기 왜 저런 행동을 하는지 영문을 몰랐다.

하지만 재중의 곁에 있어야 한다는 생각이 들었는지 일어서서 재중에게로 다가갔다.

그러나 처음 보는 노숙자가 무서운지 재중의 뒤에 앉아서 얼굴만 슬쩍 내밀 뿐이었다.

거기다 주변에 사람들도 지금 재중과 노숙자의 모습에 고개를 갸웃거리면서도 무슨 일이 벌어질지 호기심이 드는 모양이었다.

조금씩이지만 멀찍이 있던 사람들도 재중과 노숙자를

향해 천천히 다가오기 시작한 것을 보면 말이다.

"아가씨에게는 미안하게 됐수."

노숙자가 누런 이를 드러내면서 웃으며 천서영에게 사과하자,

"아… 네… 괜… 찮아요…….”

천서영은 차마 웃으면서 미안하다고 하는 노숙자에게 매몰차게 말하지 못하겠는 듯 얼떨결에 사과를 받아버렸다.

하지만 역시 무서운지 재중의 뒤에서 꿈쩍도 하지 않는 천서영이었다.

"거기 들어보니, 200억 원인가? 친구를 위해서 줬다고 하던데 맞소?"

정확히는 200억 달러였지만, 노숙자는 얼핏 뒤에서 듣다 보니 200억까지만 들었지 뒤에 달러가 붙는 것을 모르는 듯했다.

노숙자가 그저 자기가 아는 대로 재중에게 대뜸 물어보자,

"네, 좀 있는 편입니다…….”

재중은 굳이 액수는 상관없다는 듯 대답만 했다.

"그럼, 나에게 20억 원을 빌려주쇼."

"……?"

천서영은 노숙자가 하는 말을 듣고는 순간 기분이 나빠지기 시작했다.

결국 재중이 돈이 많다는 것을 듣고 돈을 달라는 것이니 말이다.

사실 노숙자 대부분이 빚 때문에 거리에 나온 사람들이었다.

그건 천서영도 알고 있었다.

하지만 천서영은 노숙자를 그리 좋은 시선으로 보지 않는 편이기도 했다.

즉 노숙자가 되도록 빚이 쌓인 것은 결국 본인들의 선택과 능력 부족이라고 배웠으니 말이다.

천서영은 어릴 때부터 철저하게 기업에 관한 교육을 배우면서 자랐다.

그러다 보니 투자와 기업 운용은 절대로 운에 기대서 노력만 해서는 안 된다는 것을 잘 알고 있었다.

그렇기에 천서영이 보기에 빚을 지고 거리로 나온 사람들은 당연히 자신의 능력 부족과 실수 때문이라고 생각됐다.

당연히 그런 천서영에게 노숙자에 대한 인식이 좋을 리가 없었다.

천서영에게 노숙자는 실패자라는 인식이 있었으니 말

이다.

　반면 재중은 노숙자의 말을 듣고는 입가에 미소를 지었
다.

　그리곤 노숙자의 눈동자를 똑바로 쳐다보기 시작했다.

Chapter 05
노숙자(2)

재중귀환록

"냄새나면 미안하오, 조금만 떨어지겠소."

노숙자는 재중이 말없이 자신을 쳐다보는 모습이 혹시 자신에게서 냄새가 나서 그런가 싶었는지 슬쩍 뒤로 조금 더 물러났다.

그는 재중이 지금 노숙자의 몸에서 냄새가 난다는 것 때문이 아니라, 그가 한 말 때문에 눈동자를 쳐다보는 것이라는 것을 모를 것이다.

"20억 원만 있으면 되는 겁니까?"

그리고 재중이 나직이 꺼낸 말은 뜻밖에도 뭔가 희망이

있는 듯한 느낌이 드는 대답이었다.

노숙자는 재중의 대답에 조금 놀란 듯한 표정을 하면서도, 다시 재중을 똑바로 보면서 고개를 끄덕였다.

"딱 20억 원이요, 더 이상도 필요 없수다……."

재중은 노숙자의 대답을 듣고는 고개를 천천히 끄덕이더니 이름을 물었다.

"전 당신의 이름도 모릅니다……."

한마디로 20억 원이라는 큰돈을 달라면서 자신의 이름도 알려주지 않느냐는 지적이다.

"홍덕만이요."

노숙자가 나직하지만 재중의 귀에 선명하게 들리는 목소리로 대답하자,

"전 선우재중입니다……."

재중이 정중하게 자신을 소개하는 것이다.

"…재중 씨?"

천서영은 재중이 왜 노숙자에게 저렇게 정중하게 대하는 건지 도무지 이유를 알 수가 없다는 표정이었다.

그런데 그런 표정은 정작 재중을 마주한 홍덕만도 마찬가지였다.

사실 홍덕만은 재중에게 다가면서도 거의 99% 확률로 맞지나 않으면 다행이라는 생각을 하고 있었다.

데이트하고 노는 중에 노숙자가 다가와서 20억 원을 빌려달라고 하면, 그건 누가 봐도 말도 안 되는 황당한 상황이었으니 말이다.

그런데 홍덕만은 그래도 무작정 질러 버렸다.

아니, 지를 수밖에 없었다.

어떻게든 자신은 돈을 만들어야 했고, 그것이 딸을 살리는 유일한 방법이었으니 말이다.

"홍덕만 씨."

"⋯네⋯⋯."

재중이 자신을 부르자 홍순간 덕만은 자신도 모르게 존댓말을 써버렸다.

하지만 본인도 존댓말을 썼다는 것을 자각하지 못하고 있었다.

"20억 원을 빌려주면 당신은 저에게 무엇을 주시겠습니까?"

"⋯⋯."

역시나 예상했던 대답인지 홍덕만은 입술을 강하게 깨물었다.

그러더니 잠시 재중을 쳐다보다가 손가락으로 자신을 가리키는 것이다.

"죽을 때까지 내 몸뚱이로 갚겠소이다⋯⋯."

"헐!"

"미친… 말도 안 되는 소리를."

"사기꾼이네."

지금 상황이 나름 호기심을 자극했기에 사람들이 가까이 와 있던 참이었다.

그래서 홍덕만과 재중의 대화를 듣던 사람들은 홍덕만이 20억 원의 대가를 자신의 몸을 준다고 하자 기가 막힌 반응들을 보였다.

아마 막말로 장기를 모두 꺼내 팔아도 자신이 빌리는 돈을 갚지는 못할 것이다.

거기다 노숙자로 지내며 이미 몸 안의 장기도 멀쩡해 보이지 않는 홍덕만이었다.

그의 모습에 고개를 흔드는 사람들도 제법 있었고 말이다.

그런데 하지만 홍덕만을 욕하면서도 자리를 벗어나는 사람은 극소수에 불과했다.

마치 무언가를 기다리듯 말이다.

'테라.'

―네, 마스터.

'최근에 너를 대신해서 주식을 매입해 주던 사람들이 있다고 했지?'

—아… 로펌 쪽에 있는데 왜 그러세요?

'그중에 변호사 한 명 지금 당장 내가 있는 이곳으로 불러, 홍덕만에 대해 조사해서.'

—변호사를요? 아, 네… 그럴게요.

테라는 뜬금없는 재중의 말에도 별다른 말 없이 곧바로 태평그룹의 주식을 테라 대신 처리해 주던 로펌에 연락했다.

테라가 변호사 한 명을 당장 강변으로 보내달라고 하자 로펌에서도 상대가 빅핸드라는 것을 알고는 가장 유능한 변호사 한 명과 로펌의 대표가 동시에 움직였다.

느닷없이 홍덕만이라는 이름과 노숙자라는 현재 상황, 그리고 나이와 생김새라는 정보만이 주어졌지만, 그들은 순식간에 자료를 찾아서 움직였다.

차로 강변으로 이동하는 사이에 로펌 쪽 사람들이 자료를 노트북으로 전송해 주고 있는 것이다.

상대는 수백억 달러를 움직이는 사람이었다.

로펌의 특성상 친해져서 결코 손해 보는 일이 없기에 로펌의 대표까지 직접 나선 것이다.

로펌의 대표는 무려 부검사장까지 지낸 경력이 있는 사람으로, 로펌을 차릴 때도 이미 대단한 인맥을 가지고 있었다.

하지만 아무리 그라도 재중 앞에서는 그저 변호사일 뿐이었다.

상대는 빅핸드, 즉 북미의 월가를 주무르는 거물 중에 거물이었으니 말이다.

막말로 재중이 마음만 먹으면 한국의 경제가 휘청거릴 수도 있다는 것을 로펌의 대표는 너무나 잘 알고 있었다.

한편 그런 것을 모르는 재중은 홍덕만을 향해 손짓하더니, 자신이 앉아 있는 돗자리 위로 올라오라고 했다.

"냄새가 날 텐데……."

홍덕만은 재중이 부르는 모습에 고개를 저으면서 자신의 몸에서 냄새가 난다고 했다.

씨익~

재중은 그런 홍덕만을 향해 스스로 일어서서 다가가시 시작했다.

"오지 마쇼! 냄새난다니까."

홍덕만은 재중이 갑자기 자신에게 다가오자 서둘러 일어서려고 했지만, 그게 쉽진 않았다.

잔뜩 긴장한 채로 재중과 마주하고 있다 보니, 짧은 시간이지만 다리가 살짝 굳어 있었던 것이다.

그런데 그사이 재중의 손에 홍덕만의 어깨에 닿았다.

사아악!!

그런데 재중의 손이 닿는 순간, 홍덕만은 순간 자신의
몸에서 꽃향기가 난다는 느낌을 받았다.

"······?"

자신의 몸에서 꽃향기가 난다는 사실을 받아들이기 쉽
지 않은 홍덕만이 재중을 물끄러미 쳐다보았다.

"냄새는 나지 않는군요."

"그게… 그러니까······."

홍덕만은 순간 이걸 어떻게 이해해야 될지 판단이 서질
않았다.

분명히 자신은 무려 4개월 동안 씻은 적이 없었다.

물론 가끔 손은 닦고 얼굴도 세수를 하긴 했지만, 몸을
씻은 적은 없기에 몸에서 냄새가 날 수밖에 없었다.

사람들이 그의 곁에 다가가지 않는 것도, 노숙자 차림인
것도 있지만 몸에서 냄새가 나는 것도 어느 정도 영향이
있다는 것을 누구보다 스스로가 잘 알고 있었으니 말이
다.

그런데 재중의 손이 어깨에 닿자마자 황당하게도 홍덕
만의 몸에서 상쾌한 꽃향기가 피어오른 것이다.

"…내 손이 왜 이래?"

시커먼 때가 손톱 밑에 가득 끼어 있던 손이었다.

하지만 지금 재중이 내민 손을 잡으려다 본 손은 너무

나 깨끗하기만 했다.

순간 자신의 손이 맞는지 다시 확인해 보면서도 고개를 갸웃거릴 정도로 말이다.

"이 정도면 별문제 없군요."

재중은 여전히 입가에 미소를 지으면서 홍덕만의 손을 잡았다.

그렇게 홍덕만은 황당한 도전을 했다가, 더욱 황당한 상황을 맞이하게 되었다.

"헐… 노숙자랑 같이 앉았어……."

"치킨도 나눠 먹네?"

"뭐가 어떻게 된 거지?"

사람들은 전혀 자신들이 생각하지 못했던 방향으로 흐르는 모습에 호기심 가득한 표정으로 자리를 떠나지 않고 지켜보았다.

하지만 지켜보면서도 도무지 재중이 무슨 생각으로 홍덕만을 자신의 자리에 앉게 했는지 이해를 하지 못하는 표정들이었다.

노숙자다.

거기다 그냥 무작정 20억 원을 빌려달라는 사람이었다.

그리고 20억 원에 대가는 자신의 몸이라는 황당한 말을 하는 사람이었다.

이미 이곳에 있는 사람 대부분이 홍덕만을 사기꾼으로 생각하는 중이었다.

그저 어떻게든지 몇 만 원이라도 이런 식으로 얻어서 가려고 하는 그런 흔한 거리의 노숙자라고 말이다.

하지만 상황이 이상하게 흐르기 시작했다.

노숙자의 손을 직접 잡고 같은 돗자리 위에 앉는 재중의 모습에 오히려 보는 사람들이 놀랄 지경이었다.

"왜 나에게 잘해주는 거요? 난 돈을 빌려달라고 하는 사람인데?"

"20억 원을 빌려달라는 것과 20억 원만 빌려달라는 것의 차이를 아십니까?"

"……?"

순간 홍덕만은 재중이 한 말에 고개를 갸웃거렸다.

분명 자신이 했던 말이긴 했지만, 요상하게 다른 느낌을 받았으니 말이다.

물론 그건 천서영도 마찬가지였다.

"재중 씨… 무슨 차이가 있나요? 같은 말 같은데?"

천서영이 재중이 같은 말을 다르게 말하는 것에 이유를 모르겠다는 표정을 지으면서 묻자 재중이 홍덕만을 보면서 입을 열었다.

"홍덕만 씨, 20억 원을 받으면 어디에 쓰실 겁니까?"

재중이 나직하게 묻자, 홍덕만은 1초의 망설임도 없이 말하기 시작했다.

"딸 병원비와 수술비 5억과 사채 빚 12억, 그리고 친구에게 빌린 3억 원을 갚을 것이오."

1초의 망설임도 없는 대답에 재중이 고개를 끄덕였다.

그리고 때마침 멀리서 정장을 입은 2명의 남자가 재중이 있는 곳을 향해 다가오더니,

"로펌에서 왔습니다, 선우재중 씨."

"처음 뵙겠습니다……."

로펌의 대표와 변호사가 동시에 재중에게 인사를 했다.

"반갑습니다. 그보다 제가 부탁한 건 어떻게 되었습니까?"

재중이 부드럽게 웃으면서 로펌의 대표에게 물어보자,

척!

노트북을 꺼내 사무실에서 받은 자료를 재중에게 보여 준다.

그런데 내용을 보니 방금 전 홍덕만이 본인 입으로 말한 것과 지금 로펌에서 조사해 온 것이 딱 맞았다.

거기다 딸이 불치병은 아니지만 치료비와 수술비가 상당한 병이라는 것은 물론이고 액수도 거의 정확하게 맞았다.

"정확하군요."

재중이 나직하게 한마디 하자,

"감사합니다. 그런데 저희는 왜? 이곳으로 부르셨습니까?"

재중이 불러서 오긴 했지만 자신들을 왜 불렀는지 전혀 이야기를 듣지 못한 로펌 측 사람들이었다.

대표가 무슨 일 때문에 불렀는지 재중을 향해 묻자 재중이 대수롭지 않게 대답했다.

"여기 홍덕만 씨에게 제가 20억 원을 빌려주려고 합니다……."

"……!"

정말 재중이 20억 원을 빌려준다는 말을 하자 순간 홍덕만은 화들짝 놀란 표정을 지었다.

그건 천서영도 마찬가지였다.

20억 원이 재중에게는 별것 아닌 돈일지 모른다.

하지만 그건 재중에게나 해당하는 소리다.

지금 재중의 대답을 들은 로펌의 대표도 놀라 순간 할 말을 잃어버렸으니 결코 적은 돈이 아닌 것이다.

아니, 지금 이곳에 몰려 있는 사람들도 너무 놀라서 말을 잃어버려서 강변에 적막이 흐르는 중이었다.

"선우재중 씨… 방금… 그 말씀은… 지금 이 홍덕만 씨에게 20억 원을 빌려주신다는 것입니까?"

"네."

"저기, 담보는 어떤 것입니까?"

그래도 로펌의 대표답게 빠르게 정신을 차렸다.

돈을 빌려준다면 당연히 담보가 있을 것이라는 생각에 물어보자 재중이 대답했다.

"저분께서 자신의 몸을 대가로 하라더군요."

"네에?"

순간 로펌 대표는 재중이 자신에게 농담하는 줄 알고 실례인 줄 알면서도 큰 소리로 되물었다.

그리곤 바로 실수를 깨닫고 빠르게 사과를 건넸다.

"죄송합니다. 너무 놀라서."

"아닙니다. 지금 제 말은 저기 계신 분들이 모두 함께 들었으니까요."

"네? 정말… 20억 원의 담보가… 몸이라고요?"

로펌 대표는 상대가 재중이 아니라 다른 사람이었다면 당장 화를 내면서 뛰쳐나갔을 정도로 황당하면서도 기가 막힌다는 표정을 지었다.

결국 대표는 당장 말을 못하고 옆의 변호사에게 눈치를 주었다.

"알겠습니다……."

곧바로 사람들에게 다가간 변호사가 여러 명에게 이야기를 들으면서 녹화까지 하는 꼼꼼한 모습을 보여주더니 다시 돌아왔다.

"대표님 사실입니다……."

"흠……."

로펌의 대표는 재중이 농담하는 것이 아니라는 것을 확실히 알았다.

하지만 이걸 어떻게 받아들여야 할지 도통 모르겠다는 듯 난감한 표정을 지었다.

그러나 어쨌든 그는 변호사였다.

의뢰자에게 법률적으로 조언을 해줘야 했던 것이다.

"선우재중 씨."

"네."

"현행 법률상 사람의 몸은 담보가 되지 않습니다. 간혹 사채업자들이 신체 포기각서라고 하면서 협박을 하지만, 그건 법적으로 전혀 효력이 없는 것입니다……."

"그럼 20억 원의 담보로 홍덕만 씨의 몸을 받는 건 불가능하겠군요."

"네."

웬만큼 대학교를 나온 사람이라면, 아니, 요즘은 웬만한 학생들도 다 아는 내용이다.

그걸 이제야 알았다는 듯 고개를 끄덕이는 재중의 모습에 로펌 대표는 고개를 갸웃거릴 수밖에 없었다.

상대는 선우재중이었으니 말이다.

일반적인 사람이라면 자신을 놀린다고 화낼 수도 있지만, 상대는 월가의 괴물이자 거물 중에 거물이었다.

주식이라는 것이, 그저 그냥 운이 좋다고 해서 성공할 수 있는 게 결코 아니라는 것을 로펌 대표도 충분히 알고 있는 것이었다.

거기다 재중이 S대를 다니고 있다는 것도 알고 있으니 절대 머리가 나쁘지도 않고 생각 없이 이런 질문을 하지 않는다고 생각한 것이다.

물론 옆에 변호사는 영문을 몰라 하는 표정이지만 말이다.

"그럼 제가 20억 원을 빌려줄 방법이 없습니까?"

재중은 몸을 받는 것이 불가능하다는 말에 다시 물어보았다.

"우선 여러 가지 방법이 있지만, 법률적으로 20억 원을 빌려주었다는 계약서를 지희와 같이 작성하시면 법적 효력을 가지게 됩니다……."

"아… 그 말은 그냥 제가 빌려주고 차용증서를 쓰면 된다는 거군요."

"네, 그렇습니다……."

"그럼 차용증서 써주세요."

"네?"

무슨 번갯불에 콩 볶아 먹는 것도 아니고 20억 원을 빌려주는데 차용증서를 바로 써달란다.

재중의 말에 로펌 대표뿐만이 아니라 지켜보던 모두가 놀라 버렸다.

"정말이십니까?"

오죽하면 로펌 대표가 재중에게 안타까운 시선으로 되물어 보기까지 했다.

하지만 재중은 당연하다는 듯 고개를 끄덕이면서 다시 말했다. 어서 써달라고 말이다.

대표는 어쩔 수 없이 늘 가지고 다니는 가방에서 재빨리 법적으로 필요한 모든 서류를 꺼냈다.

잠시 뒤, 홍덕만에게 설명하고 재중에게도 설명을 마치니 순식간에 상황이 끝나 버렸다.

"여기 22억 원이 들어 있는 통장입니다……."

그러고는 재중이 22억 원이 든 통장과 도장을 모두 로펌 대표에게 주는 것이다.

"이걸 왜 저희에게……?"

이 통장은 자신이 아니라 홍덕만에게 주는 것이 당연하

지 않느냐는 표정으로 로펌 대표가 재중에게 물어보았다.

"대표님이 직접 홍덕만 씨의 모든 빚을 정확하게 곁에서 처리해 주세요."

"네? 그게 무슨……? 그리고 제가 움직이면 수임료를 받아야 합니다. 그게 원칙이니까요."

사실 해줄 수도 있긴 했다.

하지만 이런 황당한 일이 아닌 법적으로 능력을 보여서 재중에게 환심을 얻고 싶었던 로펌 대표였다.

그래서 얼떨결에 대답했는데, 재중이 바로 그에 대한 답을 줬다.

"22억 원 중에 2억이 로펌에 드리는 수임료입니다."

"헉……!!"

"10퍼센트를요?"

사실 20억에 1%만 수임료로 받아도 문제 없을 일이었다.

그저 옆에서 돈을 제대로 갚는지 확인하면서 직접 돈을 주면 되는 간단한 일이니 말이다.

그런데 그런 일에 2억이나 준다는 말에 로펌 대표가 놀람을 감추지 못했다.

옆에 변호사도 황당한 듯 놀란 표정을 지었다.

"대신 정확하고, 확실하게 끝맺어야 합니다. 가능하겠

습니까?"

재중은 사람들이 놀라거나 말거나 나직이 자기 할 말을
했다.

"맡겨주십시오!"

로펌 대표는 곧바로 고개를 끄덕였다.

"대신, 제가 직접 움직이겠습니다."

로펌 대표는 재중의 정확하고 확실하게 끝내야 한다는
말에 무언가 생각이 있는 듯했다.

로펌의 대표인 그가 직접 움직인다고 하자,

씨익~

재중도 뭔가 뜻 모를 미소를 지으면서 고개를 끄덕였
다.

"그럼 부탁드립니다. 그리고 홍덕만 씨."

로펌 대표와 이야기를 끝낸 재중이 고개를 돌려 홍덕만
을 부르자. 홍덕만이 허둥지둥 재중을 보며 대답했다.

"네? 아… 네네……."

홍덕만은 거의 정신이 몸 밖으로 빠져나가는 것을 가까
스로 붙잡은 듯했다.

그는 지금 이게 꿈인지 생시인지 헷갈리는 듯한 표정이
었다.

"이분들을 따라가세요. 그리고 모든 것을 다 끝내면, 그

다음 저에게 연락하시면 됩니다…….”

"네? 아, 네… 알겠습니다. 감사합니다…….”

뭔가 아직도 정신을 차리지 못한 듯 홍덕만은 얼떨결에 재중에게 인사를 하고는 로펌의 대표와 함께 자리를 떠나 버렸다.

물론 재중도 곧바로 돗자리를 걷어버리고는 자리에서 일어섰다.

Chapter 06
한 글자의 차이

재중귀환록

그날 밤, 인터넷은 난리가 났다.

[강변의 20억 원]

이라는 제목으로 동영상 여러 개가 올라오기 시작한 것
이다.

스마트폰으로 찍었는지 화면이 좀 흔들리긴 했지만, 여
러 사람이 여러 각도에서 찍은 동영상이 인터넷에 올라왔
다.

당연히 동영상은 순식간에 이슈가 되어버렸다.

노숙자에게 20억 원을 빌려준 선우재중의 모습에 사람들은 황당함을 감추지 못했다.

급기야는 홍덕만과 재중이 짜고 쇼를 했다는 사람부터 자작극이라는 말까지 나오기 시작했다.

하지만 곧 로펌 쪽에서 홍덕만의 승인하에 개인 정보지만 적당한 사실을 밝혔다.

그러자 오히려 더욱 난리가 나버렸다.

말 한마디로 천 냥 빚을 갚는다는 말이 있긴 하다.

하지만 노숙자가 무작정 가서 돈 20억 원을 빌려달란다고 빌려주는 일을 누가 상상이나 했겠는가.

달라는 사람도 달라는 사람이지만 그걸 정말로 빌려주는 재중의 모습도 황당했던 것이다.

거기다 재중의 돈 빌려주는 방법도 사람들에게는 대단히 신선하게 받아들여졌다.

수수료를 2억이나 주긴 했지만, 로펌의 대표가 직접 움직여서 홍덕만의 모든 빚과 치료비까지 확실하게 처리하면서 정말 홍덕만은 빚과 딸의 치료비에 재중의 돈을 100% 썼다는 것을 증명했다.

"이야… 이건… 좀 돈을 빌려주면서도 뭔가 뒤끝이 확실한 것 같은데?"

"그러게… 이렇다면 돈을 빌려주면서도 서로 의심 살 것도 없고 말야."

"하지만… 확실히… 황당하긴 하다. 20억을 그냥 빌려주는 것도 모자라 수수료 2억 원도 직접 주다니… 생각하는 차원이 다르네, 달라……."

일이 너무 크게 이슈가 되자, 로펌에서도 마지막으로 자신들도 정확하게 처리했다는 것을 사람들에게 알리기 위해 이례적이지만 홍덕만의 모든 빚을 처리했다는 증빙서류를 공개해 버렸다.

자선단체도 돈을 받기만 하고 어디에 쓰는지 그 누구도 모르는 경우가 많다.

그런 와중에 재중의 방식은 뭔가 사람들에게 신선하면서도 확실하다는 느낌을 주었다.

그래서인지 재중의 일은 결국 한참 동안 인터넷과 사람들 입에서 오르내릴 수밖에 없었다.

*   *   *

"재중 씨."

"……?"

"왜 돈을 빌려준 거예요? 그것도 2억 원이나 수수료까지 주면서요."

천서영은 도무지 재중이 왜 돈을 빌려줬는지 이해가 가지 않는 듯했다.

결국 차에 돌아와 천서영이 물어보았지만,

씨익~

재중은 그저 웃을 뿐이었다.

그러자 천서영은 살짝 심술이 난 듯 다른 것을 물었다.

"그럼 이건 무슨 뜻이에요?"

"……?"

"그 아까 말한 거요, 20억 원을 빌려달라는 것과 20억 원만 빌려달라는 것… 그게 무슨 뜻이에요?"

천서영은 그게 가장 기억에 남았던 듯했다.

그녀가 다시 물어보자,

"차이가 없어 보이나요?"

재중이 오히려 나직하게 되물어보았다.

"같은 말이잖아요. 20억 원을 빌려달라는 건데요."

씨익~

재중은 여전히 그 차이를 모르는 천서영의 모습에서 낮게 웃으면서 입을 열었다.

"큰 차이가 있죠."

"큰 차이요?"

"20억 원을 빌려달라는 것과, 20억 원만 빌려달라는 건 아주 큰 차이가 있는 말이에요."

"…음… 전 모르겠네요."

천서영은 다시 재중의 입으로 들어도 같은 말이라는 생각밖에 들지 않았다.

"20억 원을 빌려달라는 건, 이미 정해져 있는 금액이라는 뜻 외에도 그 액수 외에는 필요 없다는 뜻도 있어요. 그리고 무엇보다 이건 돈을 빌려달라는 거죠."

"그런 거예요?"

뭔가 말장난 같지만 재중은 진지했다.

"반면 20억 원만 빌려달라는 말은 뒤에 '만'이라는 말이 붙으면서 범위가 넓어지는 거예요. 즉 20억 원을 빌려주면 좋고, 아니면 적게도 좋다는 뜻이죠."

"아… 그러네요……."

천서영도 재중의 설명을 듣고서야 알겠다는 듯 고개를 끄덕였다.

겨우 뒤에 '만'이라는 말 한 글자가 더 붙었을 뿐이지만, 완전히 다른 뜻이 숨어 있다는 것을 알게 된 것이다.

"그리고 20억 원을 빌려달라는 것과 달리, 20억 원만 빌려달라는 건 구걸하는 말이기도 해요."

"구걸… 이요?"

천서영은 재중의 말을 들으면서 고개를 끄덕였다.

하지만 끄덕이면서도 둘 다 재중이 빌려준 것은 같은 게 아닌가 하는 느낌을 받았다.

하지만 재중은 그런 천서영을 보면서 한 번 웃더니 다시 말을 이었다.

"만약 돈을 빌렸습니다. 그럼 서영 씨는 어떻게 하나요?"

"그야 당연히 갚아야죠. 돈을 빌렸다면 갚는 게 당연하잖아요."

천서영은 당연한 것을 묻는 재중에게 당연하게 대답했다.

그런데 재중은 다시 말을 이었다.

"그럼 서영 씨가 거지에게 돈을 주었어요. 그럼 거지는 돈을 갚을까요?"

"거지요? 그야… 거지는 돈을 갚지 않잖아요……."

거지에게 돈을 주는 것은 적선이다.

당연한 소리에 천서영은 재중의 말에 왜 그걸 묻느냐는 듯 쳐다보다가 갑자기 눈을 번쩍 떴다.

"아!! 그래서……."

씨익~

재중은 그제야 천서영이 이해했다는 생각에 입가에 미소를 지었다.

"이제 알겠어요… 재중 씨가 왜 돈을 빌려줬는지… 그래서 그런 거였군요……."

천서영은 친절한 설명을 듣고서야 그제야 이해를 한 것이다.

홍덕만은 분명히 20억 원을 빌려달라고 했다.

그건 누가 봐도 돈을 빌리는 사람의 모습이다.

하지만 아이러니하게도 20억 원만 빌려달라는 것은 구걸인 것이다.

즉 우선 급하니 돈 좀 쓰자, 하지만 갚을 생각은 그다지 없다는 무의식적인 표현이었다.

물론 이 말만 가지고 판단하는 것은 사실 불가능했다.

그래서 재중은 홍덕만의 눈동자를 유심히 보면서 얼마나 진실한지, 그리고 절실한지를 살펴보았던 것이다.

하지만 천서영은 재중의 말을 듣고 뭔가 크게 깨달은 표정이었다.

겨우 말 한 글자 차이지만, 그 속에 담긴 뜻이 완전 다른 것을 처음으로 알았기에 나름 충격이 온 듯했다.

"말장난 같죠?"

재중이 나직하게 물어보자,

"뭐 그렇게 들리긴 해요……. 하지만 확실히 뜻을 파고드니까 다르네요……. 하지만 보통은 돈을 빌릴 때 그렇게 말하지 않아요? 얼마만 빌려줘~ 하면서요."

천서영이 흔히 그렇게 말한다는 지적하듯 말했다.

"그건 액수의 문제가 아니라, 마음가짐의 문제일 수도 있어요. 꼭 갚겠다는 생각으로 돈을 빌리는 사람과 당장 어떻게 하고 나중 일은 나중에 생각하자는 마음으로 돈을 빌리는 사람, 과연 누가 갚을 확률이 높을까요?"

"그야 꼭 갚겠다는 사람이긴 하죠……. 하긴 재중 씨 말을 들으면 만 원을 빌리나 1억을 빌리나, 갚을 의지와 결심이 약하다면 서로 피곤한 거네요, 결국은……."

확실히 그랬다.

사람이 화장실 들어갈 때와 나올 때 다르다는 말이 그냥 생긴 것이 아니다.

급할 때는 돈을 빌리면서 사정하면서, 오히려 돈을 갚을 때는 큰소리치는 것이 세상이니 말이다.

즉 돈을 빌려주고서 오히려 빌려준 사람이 쩔쩔매는 이상한 상황인 것이다.

그리고 그건 의외로 주변에 흔히 볼 수 있는 상황이기도 했다.

사채로 돈을 무작정 강제로 가져가는 것도 문제지만, 돈을 빌리고도 배째라 하는 인간들도 역시나 문제인 것은 똑같은 것이다.

"그럼… 재중 씨는 그 홍덕만 씨가 돈을 갚을 거라고 생각하세요?"

천서영이 중요한 문제를 조용히 물어보자 재중이 조용히 품에서 서류 하나를 꺼내 들었다.

"그건… 차용증서잖아요? 그건 왜?"

찌이익! 찌이익!!

"헉!! 재중 씨!! 그걸 왜 찢어요!!"

갑자기 재중이 홍덕만에게 돈을 빌려주었다는 법적 효력을 가지고 있는 차용증서를 찢어버렸다.

그것도 아주 갈기갈기 찢어버렸다.

그러고는 손안에 작은 불길이 일어나더니, 찢어진 차용증서의 조각이 완전히 타서 재가 되어버리기까지 했다.

"까약!! 어쩜 좋아!! 재중 씨… 그걸 왜!! 왜 그래요?"

20억 원짜리 차용증서였다.

물론 돈을 갚을 가능성이 상당히 적긴 하지만 그걸 그냥 찢을 줄은 천서영은 예상조차 하지 못했던 일이었다.

천서영이 소리까지 치면서 난리를 쳤지만, 재중은 의외로 차분하기만 했다.

"이게 있어야 돈을 제가 받을 수 있다고 생각하나요?"

"당연하죠! 그래야 법적인 효력이 있으니까요."

하지만 재중은 고개를 천천히 흔들면서 자신의 가슴을

살짝 가리켰다.

"결국 갚을 마음과 결심이 없으면, 못 받는 것이 돈이에
요……."

천서영은 재중의 말에 황당하면서도, 왠지 틀린 말은 아
니라는 생각이 들었다.

뭐라고 하기도 힘든 애매한 상황이지만, 왠지 이대로 설
득당하면 재중에게 진다는 느낌이 들었는지 억지로 한마
디 했다.

"그러다 정말 갚지 않으면요?"

그렇다.

혹시라도 재중이 증서를 찢어버렸다는 것을 홍덕만이
알게 된다면, 배 째라고 나올 수도 있는 것이다.

아무리 사람을 믿을 수가 있다고 해도, 20억이라는 돈이
걸리면 어떤 일이 벌어질지 아무도 모르는 것이니 말이다.

"뭐 살다가 단 한 번이지만 이런 행운이 있어도 괜찮은
세상 아니겠어요?"

"……."

하지만 마치 그냥 그러려니 하면서 넘어가 버리는 재중
이었다.

"재중 씨는… 도대체… 돈에 욕심이 없어요?"

도무지 재중의 행동이 이해가 가지 않는 천서영이 물어

보았다.

"어차피 돈은 돈이잖아요, 그저 필요한 만큼, 쓸 만큼만
있으면 되는 거죠."

"…그럼 왜 그렇게 많이 벌어요?"

평범한 말이지만 재중이 가진 재산을 생각하면 영 안
어울리는 말이기도 했다.

자신의 말과 어울리지 않는 재중의 실제 모습에 천서영
이 도무지 이해가 가지 않는다는 듯 살짝 토라져서 한마디
했다.

"그냥 돈이 생기네요……."

"…그거 지금 자랑이죠?"

황당한 자랑이었다.

하지만 그게 전혀 어색하거나 으스대는 것처럼 보이지
않았다.

천서영은 순간 한숨이 나와 버렸다.

"에휴… 왜 저런 것도 멋지게만 보이는 거야……."

이상하게도 재중의 그 말도 멋지게만 들리는 천서영이
었다.

Chapter 07
라스푸틴의 제자

재중귀환록

"두바이?"

재중이 두바이라는 말에 고개를 갸웃거렸다.

삼합회를 제어하기 위해서는 당연히 중국에 있을 것이라고 생각했었다.

하지만 예상과 달리 테라의 말에 따르면 라스푸틴의 제자로 보이는 녀석들이 두바이에 있다고 한다.

"저도 그것까지는 정확하게는 알지 못해요, 마스터. 하지만 두바이에 있는 것은 저도 직접 확인했어요."

"……?"

재중은 순간 테라의 '저도…'라는 말에 물끄러미 테라를 쳐다보았다.

—쩝… 크레이언 올드 세이라 님의 가디언인 세프로 부터 정보를 받았어요, 마스터.

자존심이라면 웬만한 드래곤만큼 강한 테라가 스스로 인정하는 것을 보면서 재중이 피식 웃었다.

—죄송해요. 하지만 100년만 지구에 있었다면… 저도 충분히 그 정도 정보력은 가질 수 있어요, 마스터.

재중의 웃는 모습에 괜히 자존심이 상한 테라는 변명 아닌 변명을 했다.

하지만 재중은 고개를 저으면서 말했다.

"도움을 받은 것에 자존심 상해할 필요는 없다고 본다."

—하지만… 같은 가디언인데. 열 받아요, 마스터.

"어차피 그쪽은 5,000년 가까이 지구에 머물면서 정보력을 가지고 있는 존재야. 애초에 싸움이 되지 않는 걸로 억울해해 봐야 스트레스만 받을 뿐이야."

재중은 오히려 테라가 세프로부터 정보를 받는 것에 그다지 상관없어 하는 모습이었다.

하지만 재중의 태도와는 별개로 세프가 너무 적극적으로 재중에게 도움을 주고 있다는 것은 사실이기도 했다.

이미 크레이언 올드 세이라가 재중에게 같이 대륙으로 가자고 말을 했기에 어느 정도 호의가 있다고 판단할 수도 있었다.

하지만 그것만이라고 하기에는 갑작스런 호의가 너무 크다는 것도 사실이었으니 말이다.

"무슨 생각일까……."

재중이 나직하게 중얼거리자,

―제가 생각하기엔 왠지 크레이언 올드 세이라가 마스터에게 집착하는 것 같아요.

마치 크레이언 올드 세이라가 재중에게 집착하는 것처럼 표현하는 테라였다.

테라의 말에 재중이 피식 웃었다.

지금 테라는 괜히 세프에게 정보를 받은 억울함을 크레이언 올드 세이라에게 풀고 있는 셈이니 말이다.

"상상력이 너무 멀리 갔구나."

재중이 나직하게 한마디 했지만, 테라는 아니라고 고개를 흔들 뿐이었다.

―뭔가 분명히 꿍꿍이가 있을 거예요, 마스터.

"……."

재중도 테라가 말한 집착이라는 것에는 조금 어이가 없었다.

하지만 한편으로는 집착으로 보일 만큼 갑자기 재중에게 호의를 갑자기 베푸는 크레이언 올드 세이라의 행동은 확실히 꺼림칙한 데가 있었다.

어떻게 생각해도 그냥 호의라고 보기는 힘들었다.

드래곤들의 자기중심적인 성격을 재중도 어느 정도 알고 있으니 말이다.

우선 재중 자신도 모든 일에 자신을 중심으로 생각하고 있지 않는가?

거기다 테라는 드래곤의 마도서였다.

드래곤의 성격을 누구보다 잘 알고 있는 것이다.

특히나 드래곤은 드래곤의 유희와 생활에 가능하면 참견하지 않는 것도 하나의 불문율이다.

그것을 알고 있는 상황에 세프의 호의는 미심쩍다고밖에 할 수 없었다.

세프의 움직임은 크레이언 올드 세이라의 명령이라고 해도 그다지 틀리지 않았으니 말이다.

가디언은 특성상 마스터의 명령이 없으면 행동하지 않는다는 것은 재중도 잘 알고 있었다.

"그렇게 나를 대륙으로 데리고 가고 싶은 건가?"

재중은 사실 대륙에도 어느 정도 정이 남아 있긴 했다.

하지만 그렇다고 연아를 두고 대륙으로 차원을 다시 넘

을 생각이 있는 것도 아니었다.

재중에게는 그저 추억이 많은 곳, 딱 그 수준이었으니 말이다.

하지만 크레이언 올드 세이라는 조만간에 신탁으로 받은 5,000년이 끝난다고 했었다.

즉 그녀는 좋든 싫든 무조건 대륙으로 넘어가야 하는 것이다.

─음… 그건 저도 조금은 이상하게 생각해요. 드래곤은 독립생활을 하는 경우가 대부분이라 사실 대륙으로 다시 돌아간다고 해도 마스터에게 이렇게 집착을 보일 이유가 없으니까요.

테라는 끝까지 크레이언 올드 세이라가 재중에게 집착을 보이고 있다고 말했다.

재중은 그냥 모른 척했다.

지금 중요한 것은 그게 아니었으니 말이다.

"라스푸틴의 위치는 알려주지 않았지?"

재중이 슬쩍 물어보자,

─네, 그건 세프도 모른다고 했어요, 마스터.

"하긴… 이미 세상에 죽은 걸로 알려진 라스푸틴의 흔적이 쉽게 발견될 리가 없지."

자신과 만난 적이 있다는 이유로 스페인 국왕을 죽여

버린 치밀함을 보인 라스푸틴이었다.

아무리 세프라도 깊게 파고들지 않는 이상 라스푸틴의 꼬리를 잡는 것은 쉽지 않을 것은 분명했다.

그나마 다행이라면 라스푸틴의 제자로 보이는 삼합회에 숨어 있는 녀석들의 흔적을 발견한 것이다.

그것만 해도 확실히 재중에게는 커다란 도움이 되었다.

여기서 더 많은 것을 바란다면 오히려 그건 욕심일 것이다.

─마스터, 어떻게 할까요?

테라는 뭔가 기대한다는 눈빛으로 재중을 쳐다보았다.

지금까지 재중은 적으로 판단을 내린 존재를 그냥 두고 본 적이 없었으니 말이다.

뭐 자신은 강하니까 봐준다? 오만이었다.

앞날은 그 누구도 예상할 수 없는 것이다.

자만과 오만의 대가는 언제나 뼈아픈 결과라는 것을 잘 아는 재중이다.

때문에 재중은 지금까지 적이라고 판단되면 그 위험도에 따라 행동이 달라지긴 하지만, 절대로 그냥 두고 보는 법이 없었었다.

그래서 테라가 은근히 기대하는 것이다.

상대가 적이라면 마법 사용에 대한 제약도 풀릴 것이니

말이다.

"넌 여기서 연아 곁에 있어라."

—네?

그런데 뜻밖에도 재중이 테라를 보면서 연아 곁에 있으라는 말을 했다.

재중의 명령에 놀란 테라는 재중에게 바짝 다가서면서 되물었다.

—왜요, 마스터? 상대는 마법사예요, 당연히 제가 마스터의 곁에 있어야죠.

테라는 당연히 이번에도 자신이 재중의 곁에 있을 것이라고 생각했기에 내심 준비를 하고 있었다.

그런데 느닷없이 재중이 연아 곁에 남으라고 하자 놀라서 되물었지만 재중은 고개를 좌우로 흔들 뿐이었다.

"라스푸틴이 직접 움직일 수도 있으니까."

—…칫…….

재중의 한마디에 테라도 뭐라고 더는 말할 수가 없었다.

확실히 연아의 곁에는 진 쉐도우도 있고, 흑기병도 있었다.

하지만 결정적으로 쉐도우도 그렇고, 흑기병도 그렇고 상대가 마법을 사용하는 존재라면 빈틈이 생긴다는 것은 분명했으니 말이다.

　―하지만, 깡통도 그렇게 약하진 않잖아요, 마스터.

　그래도 상대가 마법사이니 왠지 억울한듯 테라가 다시
한마디 했지만 재중은 단호했다.

　"1%라도 위험이 남는다면 내가 어떻게 행동하지?"

　재중이 테라를 향해 나직하게 물어보자.

　―…그야 확실하게 처리하시는 분이 마스터시죠.

　기어 들어가는 듯한 목소리로 테라가 대답했다.

　"알면 연아 곁에 있어라, 이미 난 세계적으로 조금만 검
색해도 연아와 나에 대한 정보가 흘러나올 만큼 알려져 있
는 상태야. 그런데 그런 상황에 연아의 곁에는 흑기병보
다 이제는 테라 너의 힘이 필요해."

　―…눼…….

　입술이 오리 주둥이만큼 튀어나온 테라는 결국 재중의
명령을 따르는듯 어둠 속에 녹아들듯 사라져 버렸다.

　그리고 테라가 사라지자마자 흑기병이 모습을 드러냈
다.

　―마스터, 부르셨습니까.

　"흑기병, 한동안은 네가 나와 함께 움직여야겠다."

　―네, 마스터.

　확실히 테라와 달리 흑기병은 재중의 명령에 말대꾸를

하지 않기에 편했다.

하지만 반대로 좀 심심하기도 했다.

뭐랄까 곁에 있으면 시끄럽지만, 막상 없으면 허전한 그런 기분이 느껴지는 재중이었다.

"음……."

테라가 연아 곁에 있으니 라스푸틴에 관해서는 우선 안심이었다.

물론 100% 안심할 수는 없지만, 마법사를 상대로 테라가 밀린다는 것은 재중이 생각해도 좀 어이없는 상황이었기에 안심하는 것이다.

하지만 이제 라스푸틴의 제자로 생각되는 녀석들을 만나러 가야 하는 재중은 잠시 고민에 빠졌다.

이대로 공간이동을 해서 두바이로 가도 상관없었다.

하지만 그건 왠지 너무 쉽다는 생각과 함께 왠지 손해 보는 느낌이 든 것이다.

―마스터~ 차라리 정식으로 공항을 통해서 두바이로 넘어가시는 건 어떠세요?

"…너 엿듣고 있었냐?"

재중은 느닷없이 뇌리에 들리는 테라의 목소리에 피식거리면서 한마디 했다.

―어차피 저희 가디언과 마스터는 영혼으로 연결된 상

태인데 거리가 무슨 상관이에요, 호호호호.

테라는 그런 재중의 핀잔에도 구렁이 담 넘어가듯 슬그머니 넘어가 버렸다.

그런데 재중은 테라의 참견이지만, 방금 그 말도 제법 괜찮다는 생각이 들었다.

어차피 라스푸틴은 자신에 대해서 어딘가에서 감시하고 있을 것은 분명했다.

그런 상황에 만약 재중이 정식으로 공항을 통해서 두바이로 간다면 어떤 반응을 보일까?

그런 생각을 하자 입가에 미소가 번지기 시작한 재중이었다.

반응이 없으면 없는 대로 재중은 상관없었다.

최소한 손해 보는 것은 없으니 말이다.

하지만 재중이 공항을 통해 움직이는 것을 안 라스푸틴이 만약 어떤 식으로든 움직인다면, 오히려 재중에게는 이득인 것이다.

숨어 있는 적을 잡는 방법으로 가장 좋은 방법은 숨어 있는 녀석을 찾는 것이 아니었다.

녀석이 스스로 모습을 드러내도록 미끼를 던지는 것이 가장 좋은 방법인 것이다.

"나쁘진 않군."

재중이 테라의 말에 호응하자,

―호호호! 역시 마스터의 곁에는 제가 있어야 하는 거예요. 지금이라도 늦지 않았어요, 마스터. 깡통이랑 바꿀까요?

재중이 살짝 빈틈을 보였다고 생각되었는지 테라가 덥썩 물었다.

하지만 재중은 단칼에 잘라 버렸다.

"기다리면 라스푸틴이 올지도 모르니 연아 곁에 있어라."

―…녜… 쳇…….

테라는 재중의 말에 입이 튀어나왔지만 어쩔 수 없었다.

가디언은 마스터의 명령에는 절대적으로 복종해야 했으니 말이다.

그나마 지금 테라처럼 투정부리면서 계속 말대꾸하는 것만 해도 엄청난 일이었다.

가디언은 드래곤의 손과 발이었다.

말을 듣지 않는 손과 발은 사실 의미가 없는 것이다.

그렇기에 가디언은 명령에는 절대로 토를 달거나 반항자체가 사실 불가능했었다.

하지만 재중은 인간에서 드래곤이 된 것 때문인지, 아니면 재중이 완벽한 드래곤이 되지 않은 상태에서 가디언 계약을 했기 때문인지, 테라는 다른 가디언에 비해서 확실히 느슨한 편이었다.

물론 테라도 재중도 그걸 그다지 신경 쓰지 않고 있지만 말이다.

"나다, 당장 두바이로 가야 할 일이 생겨서 그렇게 알고 있어라."

재중이 곧바로 연아에게 전화를 해서 두바이로 간다고 하자.

─두바이? 왜?

얼마 전까지 두바이에 있다가 왔기에 연아는 갑자기 재중이 두바이로 간다는 말에 무슨 일이냐며 되물었다.

"비즈니스 때문이니까, 그렇게 알고 있어."

─비즈니스?… 뭐 그럼 어쩔 수 없겠지만… 오빠 웬일이야?

연아는 지금까지 재중이 비즈니스 때문에 움직인다는 말을 들은 적이 없었다.

처음 듣는 이야기에 연아가 신기한 듯 물어보자,

"이번에 돈을 많이 써서 벌어야지."

재중이 미리 준비한듯 무난한 대답을 했다.

─아… 그렇지……. 스페인에서 200억 달러, 얼마 전에

100억 달러를 한국 정부에 줬으니… 하긴 돈을 벌긴 해야겠다.

확실히 재중이 돈을 써서 벌어야 한다는 말을 하자 연아도 바로 이해하는 눈치였다.

워낙에 황당한 액수를 한 번에 펑펑 써버렸으니, 오히려 그런대도 가만히 있으면 정말 재중이 월가의 괴물이라는 빅핸드인지 연아도 의심할 정도였으니 말이다.

"그럼 나중에 보자."

재중이 연아에게 알리고 전화를 끊으려고 하자, 연아가 급하게 불렀다.

―오빠!

"응?"

―서영이에게는 연락했어?

"아직."

재중에게는 무엇보다 연아가 가장 최우선이다.

그러다 보니 연아에게 먼저 연락한 상태이기에 솔직하게 대답했다.

그러자 바로 수화기 너머에서 재중을 타박하는 목소리가 들려왔다.

―으이구!! 바보 같은 오빠야, 보통은 애인한테 먼저 말하는 거 아니야?

연아는 역시나 재중이 천서영보다 자신에게 연락해 준 것이 내심 고맙기는 했다.

하지만 아무리 그래도 연아가 재중이 어디에 갔다고 말을 전하는 것과, 재중이 직접 말하는 것은 큰 차이가 있었다.

연아가 잔소리를 하자,

"알았다. 바로 서영이에게 말할 거니까 넌 신경 쓰지 말고 있어."

재중은 지금 자신의 연애사보다 연아 스스로의 연애에나 신경을 쓰라는 식으로 한마디 했다.

ㅡ난 오빠와 달리 내 한 몸 잘 챙기니 걱정 마세요.

연아는 오히려 재중에게 큰소리치는 모습이었다.

"알았다. 그럼."

재중이 이대로 계속하면 잔소리만 늘어날 것 같은 느낌에 바로 전화를 끊어버렸다.

그리고 천서영에게 전화를 걸어서 비즈니스 때문에 두바이로 간다고 했다.

ㅡ저도 같이 갈게요.

역시나 천서영은 일말의 주저도 없이 곧바로 재중과 함께 가겠다고 말했다.

하지만 이번에는 재중이 거절했다.

"비즈니스 때문이라 어쩔 수 없어. 미안해."

ㅡ…네. 뭐 일 때문이라면 어쩔 수 없죠……. 대신 언제 오실 거예요?

천서영은 따라가지 못하는 대신 귀국 날짜를 물었다.

"뭐… 가봐야 알 것 같아."

제자들을 빨리 찾아서 처리를 빨리 한다면 빨리 귀국할 것이고, 그게 아니라면 시간이 더 걸릴 수도 있었다.

그렇기에 재중이 대충 흘려서 말하자,

"네… 대신 빨리 오세요."

천서영도 별수 없이 조용히 물러났다.

최근에 재중이 쓴 돈이 너무 엄청난 액수였기에 그걸 다시 보충하려면 재중이 움직이는 것은 당연하다고 생각하고 있었으니 말이다.

어릴 때부터 천산그룹에서 기업 경영에 대한 마인드를 배우면서 자라온 천서영이었다.

그러다 보니 아무래도 재중이 일 때문에 간다는 것에는 쉽게 이해해 주는 편이었다.

아마 평범한 여자들이라면 이해하려고 노력은 하겠지만, 보통은 마음에 앙금이 남았을 수밖에 없었다.

보통의 여자들은 남자가 자신을 가장 먼저 최우선으로 두기를 바라는 욕심이 있었고, 그건 보통의 여자라면 당연했다.

하지만 천서영은 다를 수밖에 없었다.

살아온 환경이 아무래도 평범하지 않았으니 말이다.

그런데 이런 것을 보면, 확실히 살아온 환경도 남녀가 만나서 사랑하고 함께하는 것에 중요한 역할을 하는 것이라는 것을 부정할 수가 없기도 했다.

만약 일반적인 여자였다면 이처럼 재중이 갑자기 두바이를 간다고 했을 경우 과연 얼마나 이해를 해줄 수 있을까?

아마 투정에 짜증을 부렸을 것이다.

그런 면에서는 확실히 재중과 천서영은 제법 궁합이 맞는 듯했다.

남자에게 사업과 일이 얼마나 중요한지, 그리고 그걸 이해하는 것이 얼마나 중요한지 환경을 통해 자연스럽게 알고 있었으니 말이다.

띠리리~

"……?"

재중은 곧장 테라가 준비해 준 표를 살펴보고는 내일 오전에 두바이로 출발하기로. 결정했다.

그리곤 잠시 쉬려고 고개를 돌렸는데, 때맞춰 스마트폰이 울었다.

확인해 보니 낮에 만났던 로펌의 대표였다.

"네."

—선우재중 씨, 오늘 맡기신 일이 깨끗하게 해결이 되었다는 것을 알리기 위해서 전화를 드렸습니다…….

"빠르군요."

최소 며칠은 걸릴 것이라고 생각했던 재중의 예상과 달리, 불과 몇 시간 만에 일을 끝내 버린 듯했다.

다만 이런 것은 다음 날 이야기를 해줘도 되는데, 굳이 늦은 시간에 전화를 한 것이 조금 이상했을 뿐이었다.

—그런데, 선우재중 씨.

"네? 말씀하세요."

—홍덕만 씨가 재중 씨이게 꼭 할 말이 있다고 합니다만, 혹시 스케줄이 어떻게 되시는지 알 수 있을까 해서 이렇게 늦었지만 연락을 드렸습니다.

"스케줄이라……."

재중은 잠시 생각하는 듯하더니 입을 열었다.

—당장 내일 오전에 두바이로 가야 합니다……."

"아… 그러시군요. 그럼 나중에 다시 오시면 되도록 빨리 연락 주시면 고맙겠습니다. 홍덕만 씨에게는 이야기해 놓겠습니다…….

로펌 대표는 재중에게 굳이 이 시간에 시간을 내어달라

고 부탁할 이유가 없었다.

거기다 로펌 대표의 의뢰인은 홍덕만이 아니라 재중이기도 했다.

그렇기에 홍덕만의 부탁은 그저 부탁일 뿐이다.

그래서 대표는 이야기를 전한다고 하면서 전화를 끊으려고 했다.

그런데 재중이 그걸 막아섰다.

"이번에 가면 며칠이 걸릴지 저도 모릅니다. 차라리 지금 만나겠다고 해주세요."

―지금이요? 네… 알겠습니다. 그럼 어디서 만날까요?

로펌 대표는 순간 재중의 반응에 고개를 갸웃했다.

그러면서도 홍덕만에 대한 자신의 생각을 살짝 바꿔야 할지도 모른다는 생각을 했다.

재중은 거물 중에 거물이었다.

이미 개인 자산만 해도 정확하게 아는 사람이 없을 정도의 부자였다.

그런데 그게 다가 아니라 재중의 인맥도 절대로 무시할 수가 없었으니 말이다.

우선 한국 내에서만 해도 천산그룹의 천 회장과 직접 개인적으로 통화하는 사이라고 했다.

거기다 천 회장의 금지옥엽인 천서영과는 공인된 커플

이었다.

들리는 말이지만 천서영이 재중이 좋다고 따라다녔다는 것은 S대에서는 누구나 말하는 사실이었으니 말이다.

물론 SY미디어 대표라는 직함도 있긴 했다.

하지만 로펌 대표가 생각했을 때 그건 말하자면 취미에 불과했다.

수백억 달러를 그냥 물 쓰듯 쓰는 재중이다.

그런 그에게 SY미디어라는 작은 기획사는 누가 봐도 취미로 한다고 할 정도로 작은 규모였으니 말이다.

물론 최근에 재중이 슈퍼카를 회사차로 쓰라고 주면서 인지도가 많이 올라가긴 했다.

하지만 아직 SY미디어의 연예 기획사로서의 크기와 위치는 중위권에 겨우 머물고 있는 것이 사실이었다.

그런데 이건 한국에서 봤을 때만의 인맥일 뿐이었다.

우선 브라질로만 고개를 돌려도, 시우바 그룹이 재중의 뒤에 있다는 것은 이미 알 만한 사람은 모두 다 아는 사실이었다.

그동안 재중에 대한 정보를 시우바그룹에서 차단하고 있었다는 것이 알려져 버렸다.

당연히 그러면서 재중과 시우바그룹의 사이가 천산그룹 못지않은 밀접한 사이라는 것을 쉽게 알 수 있었으니 말이다.

그리고 가장 막강한 인맥은 바로 스페인 왕가였다.

현 스페인 여왕인 일리시아 여왕과 그녀의 남편 신승주
는 재중과 거의 격이 없는 사이라는 소문이 파다했다.

거기다 스페인에서 재중은 친구로 불리는 사람이었다.

오죽하면 천산그룹뿐만 아니라 다른 기업들도 한국산
제품이라는 것만 말해도 사람들이 그동안 꺼려하던 눈빛
이 순식간에 사라졌으니 말이다.

Chapter 08
홍덕만

재중귀환록

재중은 거물 중에 거물이었다.

재중이 태평그룹의 주식을 모으고 있다는 것도 로펌 대표는 알고 있지만 꾹 입을 다문 상태였다.

만약 이 사실이 밖으로 흘러나가는 순간, 재중이 어떻게 움직일지 알 수가 없으니 말이다.

로펌 하나 가지고 노는 것은 아주 장난일 것이다.

그만큼 재중의 이름값은 엄청났었다.

그래서 부장검사를 지냈던 경력이 있는 콧대 높은 로펌 대표도 재중과 관련된 일에는 가능하면 직접 나서는 것이다.

"혹시 대표님이 아시는 조용하면서도 이야기하기 괜찮은 곳이 있다면 추천해 주셔도 됩니다."

재중으로서도 이미 늦은 시간이고, 딱히 시끄러운 곳만 아니면 되었다.

하지만 가장 큰 이유는 자신이 찾기 귀찮다는 것이다.

그래서 그냥 대충 로펌 대표에게 이야기하자,

─그럼 제가 모시러 가겠습니다.

몸이 바짝 달아오른 로펌 대표가 직접 움직인다고 말해 왔다.

이미 퇴근하고도 남았을 시간인데도 말이다.

"그럼 부탁드리겠습니다……."

재중은 뭐 데리러 온다는데 굳이 거부할 이유가 없어서 바로 승낙했다.

하지만 전화를 끊은 재중은 곧 피식 웃을 수밖에 없었다.

"자본주의에서 돈의 위력이 확실히 무섭긴 하구나."

재중은 로펌 대표가 왜 이렇게 적극적으로 나서는지 잘 알고 있었다.

아니, 이걸 모를 만큼 재중이 눈치가 없다는 것은 말도 안 되는 일이었다.

대류에서 귀족들의 눈치와 권력 다툼을 직접 느꼈던 재중이다.

그런 그에게 지금 로펌 대표의 행동은 뻔히 속이 보이는 행동일 뿐인 것이다.

하지만 이걸 나쁘다고 할 수도 없었다.

로펌도 사업이었으니 말이다.

사업하는 사람에게 적당한 아부나 기회를 잡아서 움직이는 행동력은 오히려 칭찬해 줘야 했다.

한편 재중과 통화를 끝낸 로펌 대표는 곧바로 홍덕만에게 연락을 했다.

그는 재중과 만나기 위해 움직이면서도 생각을 멈출 수가 없었다.

"도대체… 홍덕만이라는 사람이 누구길래… 선우재중이 이렇게 친절을 베푸는 거지……?"

재중의 성격을 알 리 없는 로펌 대표다.

재중에 대해서는 그저 소문으로만 들었던 그가 일반적으로 주식을 하면서 상위권으로 생활하는 사람들의 행동을 기반으로 재중을 판단한 것이다.

그러니 그로서는 지금 재중의 행동을 쉽게 납득할 수 있을 리가 없었다.

재중과 홍덕만은 연관점이 전혀 없었다.

그것도 아주 완전 생판 모르는 남이었다.

대표는 혹시나 해서 자신의 인맥을 동원해서 재중과 홍덕만에 대해서 알아보기도 했다.

하지만 강변에서 그날 처음 만난 사이라는 것이라는 증거만 나온 것이다.

그렇기에 수백억 달러를 움직이는 거물인 재중이 굳이 늦은 시간에 홍덕만이 만나고 싶다는 말에 움직였다는 것은 로펌 대표에게는 많은 의미를 남겨줄 수밖에 없었다.

"뭔가… 있어……."

그래서인지 로펌 대표는 그냥 느낌일 뿐이지만 지금 재중과 홍덕만 사이에 어떤 일이 일어날지도 모른다는 예감 비슷한 것을 느끼기 시작했다.

세계적인 주식 부자와, 20억을 빚을 가진 노숙자의 만남.

사실 이것만 봐도 범상치 않은 상황이었다.

하지만 지금 로펌 대표가 느끼는 예감은 그 정도가 아니었다.

이 건은 오히려 시작에 불과할지도 모른다는 느낌이 강하게 들고 있었다.

그리고 그런 느낌이 들자, 로펌 대표는 홍덕만에 대한

자신의 판단을 뒤집어 버렸다.

"사업은 결국 나의 느낌과 판단이 좌우하는 거지…….
홍덕만을 유심히 살펴봐야겠어."

지금까지 그저 재중의 도움으로 빚을 탕감한 노숙자 홍
덕만을 재중과 무언가 관계가 있는 사람인 홍덕만으로 상
향 조정한 것이다.

만약 정말 자신의 예감이 맞아서 홍덕만이 재중과 관련
이 있게 된다면, 이건 엄청난 대박일지도 몰랐다.

SY미디어에도 재중이 한 해 쏟아붓는 돈이 수억 달러라
는 것은 알 만한 사람은 다 아는 상태였다.

SY미디어는 베인티라는 걸그룹 하나밖에 없지만, 연예
계에서 중간 정도 기획사로 인정받고 있었다.

그 인정의 기반이 모두 재중의 재력이었으니 말이다.

즉 지금도 적자를 보고 있지만, 재중이 있는 동안에는
절대로 SY미디어는 망할 수가 없다는 게 이쪽 연예계의
생각이었다.

거기다 지금도 연예인을 지망하는 아이들이 은근히 SY
미디어를 선호하는 분위기가 불고 있기도 했고 말이다.

현재만 보면 SY미디어는 그저 그런 중간 정도 기획사지
만, 미래를 봤을 때는 그 누구도 장담할 수 없는 가능성을
지닌 곳이었다.

"법조계의 SY미디어가 되지 말라는 법은 없지, 후후훗……."

로펌 대표는 자신의 로펌이 재중의 지원을 받을 수만 있다면, 어쩌면 법조계의 SY미디어와 같은 경우가 되지 말라는 법이 없다는 생각이 들었다.

씨익~

자신도 모르게 로펌 대표의 입가에 미소가 깊게 그려졌다.

뭣보다 SY미디어와 달리 그의 로펌은 이미 탄탄한 기반을 가지고 있었다.

재중의 도움만 있다면 한국의 로펌 중에서 최고로 우뚝 올라서는 것이 결코 꿈이 아니기도 했다.

"시간이 걸리더라도 무조건 친해져야 한다……."

로펌 대표는 우선 재중을 공략하기보다, 홍덕만을 공략하기로 했다.

작은 인연이든 큰 인연이든 재중과 관련이 있다는 것만으로도 우선 홍덕만은 충분히 공략해 볼 만했으니 말이다.

* * *

"칵테일 바군요."

재중이 마중 나온 로펌 대표와 함께 도착한 곳은 강남에서도 커다란 건물의 가장 최고층에 있는 칵테일 바였다.

"네, 제가 아는 사람이 운영하는 곳입니다. 이미 룸을 예약해 놓았으니 이곳보다 조용한 곳은 찾기 힘드실 겁니다……."

로펌 대표가 먼저 안으로 들어가면서 슬쩍 눈치를 주었다.

"왔군."

곧 칵테일 바의 주인으로 보이는 남자가 모습을 드러냈다.

딱 봐도 상당한 재산이 있는 듯, 표정에서부터 여유가 흘러넘치는 남자였다.

그는 로펌 대표와 악수를 하면서 인사를 나누고 나서 슬쩍 재중을 보더니 말했다.

"이거 귀중한 손님을 세워두고 실수를 했군요, 선우재중 씨."

한눈에 재중을 알아본 주인이 공손하게 손을 내밀자, 재중도 조용히 손을 맞잡고 악수를 했다.

"내가 이야기한 것은?"

로펌 대표가 슬쩍 주인에게 이야기하자,

"이리로 오게. 내가 가장 조용하면서도 방해하는 사람이 없는 곳으로 준비해 놓았네."

주인이 직접 재중을 안내하기 시작했다.

"…헉……."

재중과 로펌 대표는 그래도 어느 정도 비슷한 경험이 있기에 큰 어색함이 없다.

하지만 홍덕만은 지금 자신이 온 칵테일 바가 얼마나 비싼 곳인지 짐작조차 못하고 있는 상태였다.

그저 고급스럽고, 카운터에서 손님에게 칵테일을 만들어주는 바텐더의 미모가 웬만한 연예인 저리 가라 할 만큼 엄청난 미녀라는 것에 정신을 차리지 못하고 있으니 말이다.

"이곳이네."

주인이 안내해 준 곳은 자그마한 룸이었다.

물론 작다고는 하지만 웬만한 원룸 크기만큼 커다란 룸이지만 말이다.

커다란 탁자 하나가 가운데 있고 가죽으로 만든 소파가 주변을 둘러싸고 있었다.

밖에서 빛이 들어오는 창문이 있지만, 불투명한 유리라서 그런지 안이 보이지는 않는 구조였다.

그런데 이 룸은 보이는 것이 전부가 아닌 듯했다.

"선우재중 씨, 이곳은 방음 시설을 갖췄을 뿐만 아니라 도청이 불가능함 룸입니다."

"……?"

재중이 도청이 불가능하다는 말에 슬쩍 로펌 대표에게서 시선을 돌려 칵테일 바 주인을 쳐다보았다.

"저 창문은 모두 5중으로 만들어져 있는 특수 창문입니다. 물론 모두 방탄유리입니다……."

즉 창문 사이에 간격을 두어서 유리의 진동으로 도청하는 것을 애초에 막았다는 것이다.

멀리서도 창문에 레이저를 쏴서 창문의 떨림을 인식해 그곳의 모든 소리를 들을 수 있는 장치가 있다.

하지만 지금 이 창문 구조라면 그게 불가능한 것이다.

그런데 그뿐만이 아니었다.

"이 룸은 벽이 모두 일반 벽의 3배나 두껍게 만들어져 있어서, 혹시라도 화재가 발생한 경우 출입문을 닫으면 화재 속에서도 5시간을 버틸 수 있도록 설계되어 있는 룸입니다. 물론 저쪽에 비상구도 마련되어 있습니다……."

보기에는 그냥 고급스러운 룸이라고 생각했는데, 그 속에 들어간 장치는 상당한 수준이었다.

"좋군요."

설명을 들은 재중이 고개를 끄덕이면서 만족한 듯 한마디 했다.

그러자 칵테일 바의 주인의 입가에도 만족한 미소가 그려졌다.

상대는 수백억 달러를 마음대로 움직이는 빅 핸드였다.

그런데 그런 재중이 만족한다는 것은, 칵테일 바 주인에게는 상당한 자랑거리가 되는 것이다.

나중에 누가 오더라도 재중이 만족한 룸이라는 말 한마디만 하면 웬만한 사람들은 입을 다물어 버릴 테니 말이다.

재중이 지금 룸에서 아무것도 먹지 않고 그냥 이야기만 하다 가버린다고 해도, 칵테일 바 주인에게는 절대로 손해가 아닌 것이다.

아니, 오히려 재중이 이 칵테일 바에 온 순간부터 이득을 주고 있는 셈이었다.

수백억 달러를 가진 재중이 만족한 룸이라는 이름값은 아마 재중이 죽는다고 해도 쉽게 값어치가 떨어지는 것이 아니었으니 말이다.

당장 내일부터라도 소문을 흘리면 사람들이 스스로 찾아올 것이 뻔했다.

"그럼 이야기들 나누십시오."

주인이 그렇게 자랑을 하고는 나가고,

"그럼 저도 나가 있겠습니다……."

로펌 대표도 나가려고 했다.

"잠시만 대표님도 같이 있었으면 합니다……."

"네? 저도… 말인가요?"

뜻밖에도 재중이 로펌 대표를 잡자, 대표는 속으로는 쾌재를 불렀지만 겉으로는 놀라는 표정을 지어 보였다.

"지금부터 할 이야기에 어느 정도 관련이 있으니 이왕 같이 오신 것 이야기를 함께 들으셔도 됩니다."

"네, 그럼 앉겠습니다."

로펌 대표는 긴장하기 시작했다.

과연 재중이 무슨 말을 하려고 하기에 자신을 붙잡은 것인지 도무지 예상이 되질 않았으니 말이다.

하지만 우선 재중을 만나고 싶다고 했던 사람은 홍덕만이이다.

로펌 대표가 자리에 앉자 홍덕만이 먼저 자리에서 벌떡 일어섰다.

그러더니 재중에게 큰 절을 하면서 입을 열었다.

"우선 감사합니다……."

20억이었다.

처음에 재중을 만났을 때는 남은 게 악과 깡밖에 없던

때였다.

그래서 재중에게 자신의 자신감을 드러내기 위해서 말투도 조금은 건방졌었다.

하지만 지금은 완전 상황이 달라져서 그런지 홍덕만의 말투도 달라져 있었다.

사실 홍덕만은 그냥 지푸라기라도 잡는 심정으로 질러본 것이다.

그런데 그게 멋지게 성공한 셈이니 재중에게 큰절뿐만이 아니라, 업고 마라톤을 하라고 해도 해줄 수 있는 기분이었다.

더욱이 재중이 빌려준 돈으로 자신의 딸이 살아날 희망이 생겼으니 말이다.

지금 홍덕만에게 재중은 생명의 은인, 아니, 그 이상이기도 했다.

"괜찮습니다. 전 빌려준 것이니까요."

재중은 홍덕만의 큰절에도 차분하게 말했다.

하지만 홍덕만은 고개를 들어 재중을 쳐다보면서 외쳤다.

"어찌 되었든 저뿐만이 아니라 제 딸까지 살려주신 은인입니다. 그건 변함이 없습니다……."

다부진 표정과 눈동자로 재중을 향해 똑바로 보면서 말

하는 홍덕만이었다.

다시 일어선 홍덕만이 자리에 앉자 재중이 지금 자신을 만나기를 원했던 이유를 물어보았다.

"사실, 궁금했습니다……."

"……?"

"오늘 처음 본, 그것도 노숙자인 저에게 어째서 20억을 빌려주신 겁니까?"

홍덕만의 말을 들은 로펌 대표도 긴장한 눈동자로 재중을 쳐다보기 시작했다.

사실 로펌 안에서도 홍덕만과 재중의 관계를 놓고 여러 가지 말이 많았다.

하지만 결론적으로는 생판 모르는 남이라는 판단을 내렸다.

그런데 그런 처음 보는 사람에게 20억을, 무려 2억 원의 수수료까지 주면서 도와주었다.

그것은 상식적으로 생각했을 때 도무지 이해가 가지 않았다.

그리고 그것은 돈을 빌린 홍덕만 본인도 마찬가지인 듯했다.

지금 하는 말을 들어보면 말이다.

그리고 그렇게 로펌 대표와 홍덕만의 시선이 집중된 재

중이 잠시 피식 웃더니 입을 열었다.

"20억… 뭐 큰돈이죠, 저에게도 적은 돈은 아니니까
요."

"……."

"……."

재중이 조용히 이야기를 시작하자 룸에는 숨소리 외에
는 그 어떤 소리도 들리지 않기 시작했다.

"우선, 홍덕만 씨."

"네."

"사업을 하다가 딸의 치료비로 빚을 지기 시작한 것이
맞습니까?"

재중이 홍덕만에게 차분하게 물어보자 그가 조용히 고
개를 끄덕이며 대답했다.

"네, 1년에 치료비가 1억이 넘게 들어가는 병이다 보
니… 그렇게 되었습니다……."

재중이 슬쩍 홍덕만의 대답을 듣고 로펌 대표를 쳐다보
자 그도 고개를 끄덕였다.

"사실입니다. 제가 직접 확인했습니다."

재중의 눈빛이 지금 자신이 물어본 것과 홍덕만의 대답
이 사실이냐는 질문을 담고 있는 것 같은 느낌에 로펌 대
표가 대답했다.

"홍덕만 씨."

"네."

"홍덕만 씨는 제게 돈을 빌려달라고 했으니까요."

"네? 그게 무슨……?"

돈을 빌려달라고 했기에 빌려줬다는 재중의 말에 홍덕만 뿐만이 아니라 로펌 대표도 고개를 갸웃거릴 수밖에 없었다.

사실 재중이 웃으면서 말했다면 장난친다고 생각이라도 했을 것이다.

하지만 재중의 표정은 차분하면서도 진지했기에 농담이라는 생각이 전혀 들지 않았다.

그런데 재중이 한 말은 도무지 장난처럼만 들리니 이상하기만 했다.

도무지 이해를 못하는 로펌 대표와 홍덕만의 모습에서 재중은 천서영이 쉽게 이해하지 못하고 갸웃거리던 것을 떠올리고 피식 웃어버렸다.

Chapter 09
빌리는 것과 구걸의 차이

재중귀환록

재중은 대륙에서 여러 가지 경험을 하면서 돈을 빌릴 때 어떤 말을 하는 사람이 높은 확률로 돈을 갚는지 경험으로 어느 정도는 알고 있었다.

　하지만 그러한 사실을 모르는 지구의 사람들에게는 재중의 말은 도무지 납득하기 쉬울 리가 없으니 말이다.

　그러다 보니 결국 천서영 때와 같이 재중이 슬쩍 설명을 시작했다.

　"돈을 빌리는 것과 돈을 구걸하는 것의 차이를 아십니까?"

명확하게 구분한 예를 들어 재중이 한마디 하자 홍덕만이 대꾸했다.

"그거야 돈을 빌리는 것은 나중에 돌려줘야 하지만, 구걸은 돌려줄 필요가 없지 않습니까?"

재중은 홍덕만의 대답에 싱긋 웃고는 고개를 돌려 로펌 대표를 쳐다보면서 물었다.

어차피 이 사람도 같이 이야기를 듣고 있으니 이해를 시켜야 할 테니 말이다.

"대표님도 같은 생각이십니까?"

"그렇습니다……."

로펌 대표는 고개를 갸웃거리긴 하지만, 홍덕만의 말에 고개를 망설임 없이 끄덕였다.

아니, 이건 길가다 누군가 붙잡고 물어도 비슷한 대답이 나오는 이미 정해진 답이나 마찬가지였다.

그들이 고개를 끄덕이는 것이 당연했다.

하지만 홍덕만과 로펌 대표는 둘 다 재중이 지금 하려는 말의 의도를 전혀 모르고 있었다.

"제가 말하려는 것은 간단합니다, 홍덕만 씨."

"네."

"저에게 20억을 빌려달라고 했습니까? 아니면 20억만 빌려달라고 했습니까?"

"……?"

로펌 대표는 당시 재중과 홍덕만이 그런 이야기를 할 때 자리에 있지 않았기에 자연스럽게 시선이 홍덕만에게 향할 수밖에 없었다.

그런데 정작 당사자인 홍덕만도 자신이 뭐라고 했는지 또렷하게 기억나지 않는 듯 고개를 갸웃거리는 것이다.

"기억나지 않으십니까?"

"아니… 그게 20억을 빌려달라는 말이나, 20억만 빌려 달라는 말이나 같은 말이 아닙니까?"

홍덕만은 같은 말이라고 생각하기에 둘 중에 어떤 말을 자신이 했는지 모르겠다는 듯 대답했다.

"영상을 보세요."

재중은 이미 재중과 홍덕만이 서로 나눈 이야기가 영상으로 남겨져 인터넷에 돌아다니고 있다는 것을 알고 있었다.

재중이 조용히 이야기하자,

"잠시만 확인하겠습니다……."

로펌 대표는 곧바로 자신의 스마트폰으로 검색하더니 바로 기사를 찾았다.

오늘 낮에 있었던 일이다 보니, 현재 가장 활발하게 이슈가 되어서 검색 한 번에 바로 찾을 수 있었던 것이다.

그리고 영상을 본 홍덕만은 자신도 기억하지 못했지만, 영상으로 확인한 말을 재중에게 말했다.

"20억을 빌려달라고 했더군요."

씨익~

재중이 홍덕만의 말에 만족한 듯 미소를 지었다.

"선우재중 씨, 우선 옆에서 듣는 사람으로 끼어드는 것은 좀 아닌 것 같지만, 아무래도 이건 홍덕만 씨뿐만이 아니라, 제가 들어도 뭔가 설명이 필요하다는 느낌입니다……."

법조계에서 나름 엘리트 코스를 밟아온 인생을 살아온 로펌 대표였다.

한데 그가 듣기에도 지금 재중의 말을 전혀 이해할 수 없기에 결국 홍덕만을 대신해서 나선 것이다.

그러자 재중은 고개를 끄덕이더니 이야기를 시작했다.

"자, 여기 두 사람이 있습니다. 그런데 두 사람 모두 돈을 빌려야 하는 상황에 처해 있군요."

재중이 이야기식으로 설명을 시작하자 홍덕만과 로펌 대표의 눈빛이 반짝이기 시작했다.

"그런데 두 사람은 서로 돈을 빌리긴 해야 하지만, 갚을 능력이 없습니다. 하지만 돈을 빌려야만 하는 상황에 놓여 있습니다. 그럼 여기서 질문을 드리겠습니다……."

"……?"

"……?"

갑자기 질문을 하는 재중의 모습에 홍덕만과 로펌 대표는 살짝 긴장했다.

"한사람은 10만 원을 빌려달라고 했습니다. 그리고 다른 한사람은 10만 원만 빌려달라고 했습니다. 그럼 대표님과 홍덕만 씨는 누구에게 10만 원을 빌려주겠습니까?"

"……?"

"……?"

뭔가 이상한 말이지만, 묘하게 어감이 달랐다.

잠시 후, 재중의 말을 듣고 홍덕만과 로펌 대표는 결정을 내렸다.

그런데 뜻밖에도 두 사람 모두 재중이 말했던 사람 중에 10만 원을 빌려달라고 했던 사람에게 돈을 빌려준다고 선택한 것이다.

"동시에 같은 사람을 선택했군요."

재중이 만족한 듯 미소를 지으면서 말하자.

"그렇군요… 하하하……. 뭔가 재미있는 듯하면서도 오묘한 느낌이 드는군요, 재중 씨의 말을 듣다 보면."

로펌 대표는 홍덕만이 자신과 같은 선택을 했다는 것에서 살짝 눈빛이 반짝였다가 제자리로 돌아왔다.

뭔가 설명할 수는 없지만, 홍덕만에 대한 알 수 없는 호감이 생겨나기 시작했다는 것을 본인도 아직 자각하지 못하면서 말이다.

그리고 재중이 조용히 다시 입을 열었다.

"두 분께서는 어째서 10만 원을 빌려달라는 사람에게 돈을 빌려주기로 하셨습니까?"

재중이 슬쩍 물어보았다.

"음……."

홍덕만은 잠시 생각하더니 대답했다.

"10만 원만 빌려달라는 사람은 왠지 그 후에도 돈을 더 빌리러 올 것 같은 느낌이 들어서 첫 번째 사람을 선택했습니다."

뭐라고 설명하긴 힘들지만, 홍덕만은 그저 자신의 느낌만으로 두 번째 사람이 돈을 더 빌리러 올 것이라고 판단한 것이다.

그리고 로펌 대표도 홍덕만의 말을 듣고 고개를 끄덕였지만, 이유는 조금 더 구체적이었다.

"저도 홍덕만 씨와 비슷한 이유입니다만, 구체적으로 말하자면 10만 원만 빌려달라는 사람은 돈을 갚을 마음가짐이 덜하다는 느낌을 받았습니다. 즉 우선 돈을 빌려서 급한 불을 끄고 나서 나중의 일은 나중에 생각하자는 사람이라는 생각이 들더군요."

조금 더 자세하지만, 결론적으로는 홍덕만과 로펌 대표는 둘 다 같은 판단을 내린 것이다.

그리고 재중이 조용히 이야기를 듣다가 환하게 웃으면서 손뼉을 쳤다.

짝!

"그겁니다. 제가 홍덕만 씨에게 20억을 빌려준 이유가요."

"……!"

재중의 말을 들은 로펌 대표는 잠시 고개를 갸웃하더니 순간 놀란 표정으로 재중을 쳐다보기 시작했다.

하지만 정작 홍덕만 본인은 여전히 고개를 갸웃거리고 있을 뿐이었다.

반면 재중은 로펌 대표가 눈치를 챈 듯하자, 슬쩍 몸을 뒤로 뉘이면서 은연중에 뒤로 빠졌다.

그러자 자연스럽게 로펌 대표와 홍덕만이 서로 이야기하는 상황이 만들어졌다.

"홍덕만 씨."

"네?"

로펌 대표가 자신을 부르는 목소리에 고개를 돌린 홍덕만은 여전히 눈동자는 이유를 찾고 있는 모습이었다.

"재중 씨에게 빌린 20억을 갚으실 생각이십니까?"

"당연합니다. 제 딸의 목숨을 갚는 겁니다. 이건 제가 죽는 한이 있어도 갚아야 하는 은혜입니다……."

1초의 망설임도 없이 대답하는 홍덕만의 모습에 로펌 대표는 슬쩍 재중을 한 번 쳐다보면서 눈빛으로 무언가 허락을 구하는 듯 쳐다보았다.

끄덕.

재중이 조용히 고개를 끄덕였다.

"그럼, 홍덕만 씨가 돈을 빌렸다는 차용증서를 재중 씨가 가지고 있지 않다면 어떻게 하실 겁니까?"

"네? 그게 무슨……?"

뜬금없는 로펌 대표의 말에 홍덕만이 조금 놀란 듯 재중을 쳐다보고 다시 로펌 대표를 쳐다보았다.

그러자 로펌 대표가 천천히 설명을 시작했다.

"재중 씨가 말하더군요. 차용증서를 태워 버렸다고 말이죠."

"…아니, 그걸 왜?"

홍덕만은 재중이 20억 원을 빌렸다는 차용증서를 태워 버렸다는 말에 잠시 생각이 복잡한 표정을 지었다.

하지만 그런 복잡한 생각은 그리 오래가지 않는 듯, 곧바로 눈동자를 부여잡고 말했다.

"제가 갚겠다는 것이지 그런 증서는 상관없습니다……."

"재중 씨가 차용증서를 태워 버린 이상, 법적으로 홍덕만 씨는 재중 씨에게 20억 원을 갚지 않아도 되는데 말입니까?"

"네."

"허… 조금 놀랍군요."

로펌 대표는 재중이 차용증서를 태워 버렸다고 말했는데도 돈을 갚을지 말지를 고민하지 않는 홍덕만의 모습에 오히려 놀라워했다.

요즘은 100만 원도 빌려놓고 떼먹으려고 배짱부리는 인간들이 넘치는 세상이었다.

그런데 20억이었다.

이건 지금 홍덕만의 나이를 생각할 때, 평생 죽을 때까지 갚으려고 노력을 해도 갚는 게 가능할지 의문이 드는 액수인 것이다.

하지만 어찌 된 일인지 홍덕만은 한 치의 망설임도 없이 재중에게 돈을 갚는다는 말을 했다.

로펌 대표는 진심으로 놀라면서도 홍덕만을 완전 새롭게 보는 눈빛이 되었다.

요즘 세상은 약속이 얼마나 중요한지 알지만, 그걸 지키

는 사람은 정말 눈 씻고 찾아봐도 찾을 수 없는 세상이었
으니 말이다.

그런데 지금 눈앞에 홍덕만은 아니었다.

물론 그게 진실된 본심인지 로펌 대표로서는 당장 알
수는 없었다.

하지만 지금까지 사람 보는 눈이 그다지 낮지 않다고
자부하는 그가 봐도, 홍덕만의 진심이 느껴지는 것이다.

'계획대로군.'

그런데 그런 홍덕만과 로펌 대표를 서로 쳐다보던 재중
은 자신의 계획되로 되었다는 듯 만족스러운 미소를 지어
보이는 것이다.

─마스터는… 정말 이럴 때 보면 음흉해요.

테라가 재중이 지금 한 계획이 사람의 심리를 파고드는
계획이라는 것을 알고 있기에 핀잔 같은 한 소리를 했다.

하지만 뭐 딱히 나쁘다고 할 수 없기에 그걸로 끝이었
다.

'어때서. 이로써 2명이나 내 사람을 만들었으면 된 거
지, 후후훗.'

재중은 테라의 핀잔에도 오히려 상관없다는 듯 한마디
하자.

─하지만 로펌 대표는 야망이 있던데… 괜찮을까요?

테라는 룸에 들어오기 전까지 재중의 도움을 받아서 자신의 로펌을 크게 키워볼 생각을 했던 로펌 대표의 마음을 대충 알고 있었다.

그래서 슬쩍 한마디 했지만, 재중은 오히려 고개를 끄덕였다.

'그 정도 야망도 없으면, 내가 하려는 일에 필요하지 않는 사람일 뿐이지.'

—음… 뭐 그것도 그렇긴 하네요……. 하지만 이거… 아차하면… 지금까지 번 돈을 모두 날릴 수도 있는 위험한 도박이에요, 마스터.

'괜찮아, 어차피 나에게는 돈은 그저 수단일 뿐이니까. 그리고 연아에게 줄 몫은 따로 이미 챙겨놨지?'

—네? 그야 이미 따로 100억 달러 옮겨놓긴 했어요, 마스터.

'그럼 됐어. 도박이란 원래 확률이 적을수록 재미가 있는 법이야.'

재중은 뭔가 이해하지 못할 말을 했다.

하지만 테라와는 이야기가 된 건지 테라가 잠시 투덜거렸지만 수긍하는 눈치였다.

그리고 홍덕만과 로펌 대표가 서로 이야기하면서 어느 정도 서로가 호감이 생겼다고 판단이 서자, 그때까지 조용히 있던 재중이 끼어들었다.

"홍덕만 씨."

"네, 재중 씨."

"사실 지금 홍덕만 씨가 제게 빌린 20억을 갚는다는 것은 거의 불가능하겠죠, 로또 1등에 걸리지 않는 이상 말이죠."

"…그야 그렇죠……."

홍덕만은 재중의 날카로운 말에 쓸쓸한 표정은 지었다.

하지만 그는 결코 입에 발린 말이나 환심을 사기 위해 가벼운 말을 하지 않고, 그대로 수긍했다.

그리고 그런 홍덕만의 모습이 지금 로펌 대표에게는 좋게 보이고 있었다.

재중의 계획 때문에, 로펌 대표에게 홍덕만은 돈이 없는 노숙자에서, 진실되고 자신의 마음을 속이지 않는 사람이라는 인식이 심어졌다.

그런 인식이 이미 있다 보니 순순히 인정하는 것도 좋게 보이는 것이다.

"본래 하던 일이 어떤 건가요?"

재중은 이미 알고 있지만, 슬쩍 모른 척 물어보았다.

"천산 자동차에서 3차 하청을 받는 공장을 운영했었습니다."

보통 자동차 하나에 들어가는 부품이 수천 가지였다.

그중에서 핵심 부품은 천산자동차에서 직접 생산을 하지만, 그 외 사소한 것은 아무래도 하청을 주는 게 현재 한국의 공장 구도였다.

그나마 1차 하청은 곧바로 천산자동차에서 물량을 받기 때문에 웬만해서는 망하거나 하는 경우가 없었다.

하지만 2차 하청부터는 이게 조금 복잡해지는 것이다.

1차 하청을 받은 곳에서 다시 하청을 받는 것이 2차 하청으로 그래도 1차 하청에서 결제를 잘해주고 하면 그다지 문제가 없는 편이었다.

그런데 이게 여기서 끝나는 것이 아니었다.

3차 하청까지 넘어가면 정말 복잡해지는 것이다.

그리고 하청이 많아질수록 부품 값이 오르는 것도 당연했다.

아무래도 하청을 받아서 생산을 하면 남는 것이 있어야 했으니 말이다.

누가 말하기를 국내 자동차 생산을 최소 1차 하청으로만 줄여도 자동차 값이 30% 싸진다는 말이 있을 정도였다.

하청의 단계가 길어질수록 부품 값도 당연히 오른다.

그리고 그렇게 오른 부품 값은 결국 자동차 값에 포함

되어 자동차를 사는 사람들이 고스란히 부담해야 되는 것이다.

대기업 하나가 휘청거리면 다른 중소기업들이 줄줄이 망하는 것도 모두 이런 하청 제도 때문이기도 했다.

"제가 보충 설명을 드리자면, 알아본 기록에 따르면 홍덕만 씨의 공장에 하청을 준 2차 하청 업체에서 수작을 부렸던 것을 확인할 수 있었습니다, 재중 씨."

슬쩍 로펌 대표가 끼어들었지만, 오히려 홍덕만에게 도움이 되는 말이었다.

끄덕

홍덕만은 고맙다는 의미로 고개를 끄덕였고, 로펌 대표는 괜찮다는 듯 웃으면서 인사를 받았다.

"수작이라면… 어떤 겁니까?"

재중이 반응을 보이자 로펌 대표는 기다렸다는 듯 말하기 시작했는데, 내용은 뭐 그냥 흔한 내용이지만 현실이기에 마냥 웃을 수도 없는 이야기이기도 했다.

"2차 하청에서 어음을 주면서 홍덕만 씨의 공장에 돈을 주지 않았다는 거군요."

"네, 그리고 홍덕만 씨의 딸이 아파서 병원비로 많은 액수의 돈이 들어간다는 것을 알고서 의도적으로 어음을 더욱 많이 준 것으로 생각되는 흔적을 발견하기도 했습니다."

확실히 인맥과 발이 넓은 로펌 대표답게 홍덕만에 대해서 생각이 바뀌자마자 많은 조사를 한 것이다.

사실 재중도 하청업체를 했다는 것까지는 알고 있지만, 어째서 망했는지는 알지 못했었다.

"이유가 뭡니까?"

3차 하청인 홍덕만의 공장을 망하게 하려고 했다면 분명히 뭔가 이유가 있을 거라는 생각에 재중이 로펌 대표에게 물어보았다.

그러자 홍덕만이 앞으로 나섰다.

"…그건 제가 이야기하겠습니다……."

망한 사연이긴 했지만, 그래도 자신이 당한 일을 굳이 로펌 대표의 입을 통해서 말하는 것보다는 자신이 하는 것이 그래도 낫겠다는 생각을 한 것인지 홍덕만이 씁쓸한 표정으로 입을 열기 시작했다.

"제가 하던 공장은 자동차 부품 중에서도 브레이크 관련 부품을 생산하는 곳이었습니다. 이건 자동차라면 필수적으로 들어가는 부품이기도 하지만, 의외로 디자인이 바뀔 때마다 금형을 바꿔야 하는 다른 부품들과 달리, 정해진 틀에서 생산만 하면 무난한 부품입니다……."

살짝 이해하기 쉽게 말하는 홍덕만의 말에 재중과 로펌

대표는 고개를 끄덕였다.

"악덕실업이 저에게 하청을 주던 2차 하청업체인데, 하루는 저에게 하청을 준 곳에서 공장을 넘기라는 말을 하더군요."

"……."

로펌 대표는 홍덕만의 말을 듣고는 씁쓸한 표정을 지을 수밖에 없었다.

이미 기록으로 다 알고 있는 내용이었으니 말이다.

"저는 거부했습니다. 이곳에 공장을 운영해야 제 딸이 계속 살아남을 수 있으니까요. 하지만 하청을 주지 않겠다는 협박을 하면서 저희 공장에 사람을 빼 가기 시작했습니다. 공장장부터 부장급으로 있는 사람까지 말이죠."

뭐 흔한 이야기였다.

야금야금 약한 곳을 뺏어먹으면서 휘청거릴 때 꿀꺽 삼키는 그런 흔한 이야기 말이다.

"뭐 어음결제도 해주지 않고, 아무리 노동청이나 법원에 애원해도 신경도 쓰지 않더군요. 그러다가 결국 버티지 못하고 공장을 넘겼습니다……."

그냥 넋두리 같은 홍덕만의 말이 끝나자, 로펌 대표가 슬쩍 입을 열었다.

"1억 원에 공장을 넘겼다고 기록되어 있습니다."

재중은 순간 로펌 대표의 말을 듣고서 피식 웃어버렸다.

　3차 하청이면 아무리 낮은 하청업체라고 해도 설비와 여러 가지를 하면 최소 몇십 억은 나오는 편이었다.

　특히나 자동차 부품과 관련해서 생산하는 공장의 경우 기계 값도 꽤 비싼 편이었고 말이다.

　그런데 그걸 통째로 겨우 1억 원에 팔았다는 말에 황당한 듯 로펌 대표를 보았다.

　"뭐 서류에는 남아 있지 않지만, 사람을 썼다고 하더군요. 홍덕만 씨의 딸을 해코지하면서요."

　꽈악!

　홍덕만은 로펌 대표의 말에 주먹을 으스러질 듯 강하게 움켜쥐었다.

　사실 홍덕만은 아무리 악덕실업에서 그렇게 괴롭혀도 얼마든지 버틸 생각이었다.

　하지만 어떻게 알았는지 홍덕만의 딸이 입원한 병원에 깡패로 보이는 사람들이 들락거린다는 말을 듣고는 더 이상 버틸 수가 없었던 것이다.

　일찍 아내가 죽고 남은 피붙이라고는 딸이 유일한 홍덕만이었다.

　그에게는 자신 목숨보다 소중한 딸이었다.

그런데 그런 딸의 병원에 악덕실업의 돈을 받은 깡패들이 들락거렸다.

홍덕만은 공장 때문에 딸을 잃을 수 없다는 생각이 들었고, 결국 말도 안 되는 가격에 공장을 그냥 넘겨 버린 것이다.

"재미있는 곳이군요, 한국이라는 나라는. 크크큭……."

재중이 나직하게 웃으면서 한마디 하자,

"…대기업 위주의 국가라는 말이 틀린 말은 아닌 셈입니다……."

로펌 대표도 씁쓸한 표정을 지으면서 조용히 말을 받았다.

사실 이걸 파고들면 얼마든지 파고들 수도 있었다.

그렇지만 꽤 많은 돈이 드는 것이 우선 문제였다.

그리고 그보다 악덕실업에서 뇌물을 뿌려서 입막음을 한 사람의 숫자가 제법 되었다.

그러다 보니 그저 성실히 공장을 운영해 온 홍덕만은 그 무엇도 하지 못하고 고스란히 뺏겨 버린 것이다.

Chapter 10
대가는 확실하게

재중귀환록

"노숙자 생활은 얼마나 했습니까?"

재중이 나직하게 묻자.

"10개월 정도 됩니다……."

"그럼 곧 병원비가 떨어지는 때였군요."

재중이 나직하게 물어보자 홍덕만이 고개를 끄덕였다.

어째서 그가 그토록 황당하지만 재중에게 돈을 빌려달라고 했는지 조금은 이해가 되기도 했다.

그런데 과연 재중이 이런 홍덕만의 절실하다는 사연만 알고 돈을 빌려줬을까?

아니었다.

"그런데 홍덕만 씨."

"네."

"판단력이 제법 좋은 것 같더군요."

"……?"

재중의 뜬금없는 말에 홍덕만이 고개를 갸웃거렸다.

"강변, 사람들의 시선이 많은 때, 그리고 무엇을 하든 관심이 모일 수밖에 없는 상황에 저에게 왔으니까요."

재중이 이미 알고 있다는 듯 웃으면서 말하자 잠시 표정이 변했다가 조용히 고개를 끄덕였다.

"…그건 죄송하게 되었습니다. 하지만 그렇게 하지 않으면 이야기조차 해볼 수 없다고 생각했습니다……."

그랬다.

홍덕만은 그냥 무작정 자신의 마음을 알아달라는 마음에 재중에게 다가온 것이 아니었다.

이미 재중에 대해서 어느 정도 이야기를 들었던 상태였다.

상황을 보고는 냅다 지르긴 했지만, 최소한의 승률은 생각하고 지른 것이다.

사람들의 관심, 그리고 재중의 이미지, 마지막으로 관심이 집중되어 있기에 무작정 자신을 무시하지 않을 환경이라는 것을 알고서 한 행동이기도 했었다.

물론 재중은 이미 처음에 홍덕만이 다가올 때부터 어느 정도 그런 상황을 이용한다는 것을 알고 있었다.

물론 그의 마음이 진심이었기에 재중도 움직였지만 말이다.

"……!"

그런데 로펌 대표는 재중의 그런 말에 눈빛이 반짝이면서 홍덕만을 쳐다보고 있었다.

과연 자신이라면 그런 상황에 그런 판단을 내리고 재중에게 돈을 빌려달라고 했을까, 라는 생각을 하면서 말이다.

하지만 결론은 의외로 쉽게 나왔다.

자신은 그럴 수 없다는 것으로 말이다.

듣고 보면 별것 아닌 것 같지만, 막상 하려고 하면 절대로 쉽지 않은 용기와 판단력이었다.

하늘은 기다리는 자를 돕지 않고, 스스로 움직이는 자를 돕는다고 했던가?

지금 홍덕만이 딱 그런 말이 들어맞는 상황인 것이다.

로또에 당첨되고 싶으면 로또복권을 사야 하는 것은 당연한 이치다.

그리고 돈을 빌리려면 앞으로 나서야만 했다.

뭐 결과적으로 홍덕만은 성공한 셈이었다.

"대표님."

"네, 재중 씨."

재중이 슬쩍 로펌 대표를 불렀다.

"악덕실업에 대해서 조사해 주세요, 철저하게."

"네? 설마……?"

로펌 대표는 재중이 하는 의뢰가 어떤 의미를 가지고 있는지 알고 있기에 놀란 듯 쳐다보았다.

"천산그룹 쪽에는 제가 천 회장님께 이야기해 놓겠습니다……."

비장의 카드였다.

아무리 악덕실업이 로비하고 난리를 쳐도 소용없었다.

천산그룹의 실제 주인인 천 회장에게 재중이 곧바로 말을 한마디 하는 순간, 이건 거칠 게 없어지는 것이다.

"알겠습니다……."

로펌 대표도 지금 재중이 하는 말이 무슨 뜻인지 바로 이해했다.

그는 곧바로 고개를 끄덕이더니 스마트폰을 들고 변호사들에게 연락을 넣었다.

반면 홍덕만은 지금 재중이 하는 행동이 어떤 뜻인지 알고는 놀라서 재중을 쳐다보기만 했다.

그러다 간신히 떨리는 음성으로 말했다.

"…어… 어째서… 저에게 이렇게 신경을 써주는 겁니…까?"

자신은 빚쟁이었다.

재중에게는 별것 아닌 액수일지 모르지만, 그것은 재중에게만 통용되는 것이다.

일반적으로 20억은 절대로 적은 액수가 아닌 것이다.

사실 사채에서 더 많은 돈을 뺏길 수도 있었지만, 로펌 대표가 직접 나서면서 조용히 넘어간 부분도 있었다.

단순히 돈을 빌려준 데서 끝난 게 아니라 그런 사소한 부분에서도 이미 자신은 재중에게서 많은 것을 받았다고 생각하는 중이었다.

재중이 부담했던 수수료 2억 원도 언젠가는 자신이 갚겠다고 다짐하기도 했었다.

그런데 지금 재중은 그보다 한발 앞서 있었다.

자신을 절망의 구렁텅이로 빠뜨린 악덕실업에 대해서 적극적인 조사를 의뢰한 것이다.

그뿐만이 아니었다.

천산그룹의 천 회장에게 이야기를 한다고 했다.

들기로는 천산그룹의 손녀인 천서영과 연인 관계라고 했으니, 천 회장에게 이야기를 한다는 것은 결코 거짓이 아닐 것이다.

하지만 왜?

어째서 이렇게 날 신경 써주는 걸까?

홍덕만은 보잘것없는 자신에게 어째서 재중이 이렇게 많은 것을 해주는지 도무지 이해가 가지 않았다.

그래서 물어본 것이다.

하다못해 뭐라도 훔쳐가거나 얻어 갈 것이 있다면 이해라도 했을 것이다.

하지만 현재 홍덕만은 가진 것이 아무것도 없는 빈털터리 백수나 마찬가지였으니 말이다.

"그냥 제 성격이라고 말하면 될까요?"

"네?"

뜬금없는 재중의 말에 홍덕만이 황당한 듯 놀라 되물었다.

"어설픈 동정은 오히려 독이 되지만, 확실한 도움은 나중에 저에게 도움이 되는 법이죠."

뭔가 바로 이해할 수 있는 말은 아니었지만, 이상하게 머리가 아닌 가슴으로 이해하는 홍덕만이었다.

"알겠습니다. 공장을 찾아주신다면, 이자까지 해서 어떻게든지 갚을 겁니다. 이건 제가 죽는 순간까지요."

홍덕만은 재중이 그냥 돈만 빌려주는 것이 아니라 자신

이 어떻게든지 살아남아서 돈을 갚을 수 있는 기틀을 만들어주려는 것이라는 걸 깨달았다.

그는 상황을 안 순간 그냥 받아들이기로 했다.

이미 딸의 생명까지 구원받은 상태였다.

그런데 그런 재중에게 자존심을 세워서 거절한다는 것은 있을 수 없는 일이다.

받을 수 있다면 염치를 불구하고 받아서, 갚아 나가면 되는 것이다.

그 누가 욕한다고 해도 홍덕만은 재중에게 충성을 하기로 이미 마음이 완전히 기울어 버렸다.

그리고 또 다른 한 명, 로펌 대표도 재중을 새롭다는 듯 쳐다보기 시작했다.

'그릇이 달라… 그릇이…….'

재중의 사고방식과 생각의 차이, 그리고 도움을 준다면 확실하게 자신의 돈을 돌려받을 수 있게 도움을 준다는 말에 로펌 대표는 새로운 세상을 본 것 같은 느낌을 받았다.

확실히 어설픈 동정은 독이었으니 말이다.

그리고 그런 재중은 증명하듯 자신의 휴대폰으로 천 회장에게 전화를 걸었다.

늦은 이 시간에 말이다.

"접니다……."

―어쩐 일인가? 자네가 이 시간에?

천 회장은 늦은 시간이 문제가 아니라, 재중이 자신에게
먼저 전화를 걸었다는 것이 마냥 기분 좋은지 웃으면서 전
화를 받았다.

"혹시 천산 자동차에서 2차 하청 중에 악덕실업이라는
곳을 아십니까?"

사실 천 회장이 그걸 알 리가 없지만, 재중은 모른 척 슬
쩍 물어보았다.

―그런 곳이 있었는가? 천산 자동차는 다른 녀석이 관
리하고 있네만, 왜 그러는 겐가?

천 회장도 갑자기 천산 자동차 2차 하청이라는 업체 이
름이 재중의 입에서 나오자, 순간적으로 뭔가 살짝 이상하
다는 느낌을 받은 듯했다.

"악덕실업이라는 곳을 제가 로펌을 통해서 조사를 시킬
생각입니다."

―…혹시 그쪽에서 자네에게 실수를 한 겐가?

재중이 다른 것은 몰라도 받은 만큼 돌려주는 것은 확
실한 성격이라는 것을 잘 알고 있는 천 회장이다.

천 회장이 굳은 목소리로 물어보자 재중이 거리낌 없이
대답했다.

"제 쪽의 사람을 건드렸더군요."

―흠… 알겠네, 내가 비서실에 이야기해 놓겠네.

"네, 그럼 늦은 시간에 실례했습니다……."

―아니네, 허허허. 자네가 나에게 전화를 준다면야 뭐……. 그런데… 서영이와는 자주 통화하는 겐가?

슬쩍 천 회장이 천서영과 자주 연락하는지 물어보자 피식 웃어버린 재중이었다.

뭔가 틈이 있는 것 같으면 거의 본능적으로 파고 들어오는 천 회장의 모습을 보면 천상 장사꾼이 맞긴 했으니 말이다.

"오늘도 통화했었습니다. 다만 제가 내일 첫 비행기로 두바이로 가야 해서 한동안 국내에 없을 겁니다."

―이런… 뭐 안타깝지만, 일하는 사람을 붙잡을 수는 없는 법이지, 알겠네. 자네가 없더라도 그 악덕실업이라는 곳은 이야기해 놓겠네.

"네, 알겠습니다 그럼 쉬세요."

재중이 나직이 인사를 하고 전화를 끊자 놀란 표정의 로펌 대표와 홍덕만의 얼굴이 재중의 시야에 들어왔다.

"재중 씨… 방금… 홍덕만 씨를 재중 씨 쪽 사람이라고 말씀하신 것이……? 진심이십니까?"

"네."

그런데 재중은 오히려 왜 당연한 것을 묻느냐는 식으로

말했다.

"그럼 홍덕만 씨가 앞으로 재중 씨와 관련된 일을 한다고 생각해도 되겠군요."

씨익~

재중은 잠시 웃음을 보이다가 조용히 한마디 했다.

"어설픈 동정보다는 확실한 도움, 이게 저의 신조라는 것으로 대답이 대신 되겠습니까?"

"…알겠습니다…….."

재중의 슬쩍 돌린 말에 로펌 대표는 고개를 크게 끄덕일 수밖에 없었다.

반면 홍덕만은 지금 무슨 일이 벌어진 것인지 받아들이기에 조금 시간이 걸리는 상태였다.

천 회장이 직접 말을 해놓는다고 했으니 이미 90%는 끝난 거나 다름없었다.

거기다 재중이 의도하진 않았지만, 로펌에서 악덕실업에 대해서 대대적으로 조사를 시작하자 청와대에서 은근히 도움을 주기 시작했다.

국정원을 통해 악덕실업에 관한 자료가 거의 쏟아지는 수준으로 로펌 대표에게 넘어온 것이다.

"설마 이 정도였었나……?"

로펌 대표도 사실 재중을 거물이라고 인정은 했지만, 재중과 관련이 있다는 이유 하나로 청와대에서 국정원을 통해 이렇게 도움을 줄 것이라고는 생각조차 못했었다.

하지만 현실은 재중은 거물이라는 표현도 모자를 정도였다.

국정원뿐만이 아니었다.

다른 국가의 대사관을 통해서도 홍덕만과 악덕실업에 관한 자료가 조용히 로펌 대표에게 전해지고 있었으니 말이다.

그리고 다음 날 바로 천산그룹의 천 회장 직속 비서실에서 사람이 나오더니 악덕실업을 완전 뒤집어 버리기 시작했다.

그것도 마른하늘에 날벼락 수준으로 말이다.

거기다 검찰이 들이닥치고, 국세청에서도 동시에 움직이기 시작하자 악덕실업은 완전 초상집 분위기가 되는 것은 당연했다.

Chapter 11
세프의 방문

재중귀환록

―뭐 천 회장의 비서실에서 직접 움직이고, 청와대에서
도 국정원을 통해 국세청에서 사람이 움직였다고 해요, 마
스터.

씨익~

재중은 테라의 상황 보고를 들으면서 조용히 입가에 미
소를 지었다.

지금 재중은 두바이로 가는 비행기 안이었다.

하지만 지금 그곳에 벌어지는 모든 일이 실시간 중계를
보듯 모두 보여지는 것이다.

"확실히 돈값을 하는구만."

재중은 100억 달러의 돈이 확실히 돈값을 한 것은 아니지만, 영향력이 눈에 보이게 움직이자 만족한 듯 웃음을 지었다.

이 정도로 청와대에서 빠르게 반응한다면 딱히 연아의 사업에 관해서도 크게 신경 쓰지 않아도 될 테니 말이다.

─그런데요, 마스터.

"……?"

─그 크레이언 올드 세이라의 가디언인 세프가 마스터를 만나고 싶다고 하는데요?

"…그쪽에서?"

비록 크레이언 올드 세이라가 움직인 것은 아니지만, 그녀의 가디언인 세프가 만나고 싶다는 것은 드래곤인 그녀가 만나고 싶다는 것이나 다름없는 이야기였다.

그래서 재중은 조금 놀란 표정을 지었다.

─네, 우선 두바이 공항에서 기다리기로 했어요, 마스터.

"별일이군, 드래곤이 다른 드래곤에게 간섭하다니."

재중은 순간 테라의 말대로 크레이언 올드 세이라가 자신에게 집착하는 것이 아닐까 하는 생각이 들었다가, 피식 웃어버렸다.

솔직히 인간이라면 뭐 그럴 수 있지만, 상대는 드래곤이었다.

그것도 상대는 재중보다 훨씬 오래 살아온 고룡이다.

그런 고룡이 이제 갓 성룡이 된 자신에게 집착을 한다는 것은 아무리 재중이라도 쉽게 납득이 가지 않는 일이었다.

그래서 괜한 생각을 다 한다 싶어 자신도 모르게 웃음이 나온 것이다.

하지만 그런 것을 떠나서, 그녀의 가디언인 세프가 자신을 찾아오는 것은 확실히 이례적인 일이긴 했다.

할 말이 있다고 황당한 사건을 만들어서 자신을 부를 만큼 거만한 크레이언 올드 세이라였다.

그런 그녀가 세프를 직접 보냈다는 것은 확실히 놀랄 만한 일이었으니 말이다.

─마스터… 왠지 꿍꿍이가 있는 것 같아요.

재중의 생각을 읽은 듯한 테라의 조용한 한마디에 재중도 고개를 끄덕였다.

크레이언 올드 세이라의 태도가 너무 급하게 바뀌었다는 것이 아무래도 영 찝찝한 느낌을 지울 수 없으니 말이다.

불과 얼마 전까지만 해도 자신을 찾아오라고 거만하게

굴던 그녀였다.

그랬던 그녀가 셰프를 직접 보낸다는 것은 엄청난 사건이나 마찬가지였다.

오만하고, 자기중심적이고, 거만한 드래곤 중에서도 고룡에 속하는 크레이언 올드 세이라다.

그녀가 자신의 참모 역할을 하는 가디언 셰프를 직접 재중에게 보냈다는 것은 뭔가 꿍꿍이가 있다는 것도 있지만, 또 한편으로는 그만큼 중요한 일이 생길지도 모른다는 느낌을 주었다.

과연 재중이 두바이공항에 내리자마자 테라의 말대로 셰프가 조용히 재중을 기다리고 있었다.

―오랜만에 뵙습니다.

가디언에게 드래곤이라는 존재는 모두 상위 존재이기에 공손하게 대하는 셰프였다.

"……."

반면 재중은 셰프의 모습을 보고는 우선은 조용히 지켜보기로 했다.

오랜 세월을 살아온 고룡은 교활한 것으로 따지면 웬만한 정치인은 비교도 되지 않을 정도로 교활하다.

그것을 재중도 잘 알고 있기에 우선은 지켜보기로 한 것이다.

우선 상황상 급한 것은 재중이 아니라 크레이언 올드 세이라 그녀였으니 말이다.

그런데 공항을 벗어난 재중에게 세프가 가장 먼저 꺼낸 것은 전혀 뜻밖의 말이었다.

—재중 님의 곁에서 도움을 드리라는 명령을 받았습니다.

"……?"

재중은 순간 세프의 말을 듣고 자신이 잘못 들었는지 고개를 갸웃거렸다.

다른 드래곤의 가디언인 자신에게 도움을 주라는 명령을 받았다는 것이 도무지 쉽게 납득이 가지 않는 것이다.

거기다 세프는 크레이언 올드 세이라의 손과 발이나 다름없는 가디언이었기에 더더욱 그랬다.

—지금 재중 님이 당황하시는 것도 충분히 이해가 됩니다. 하지만 이건 저의 마스터인 크레이언 올드 세이라 님의 진심이십니다.

높지도 낮지도 않은 목소리로 또박또박 정확하게 말하는 세프의 말을 재중이 알아듣지 못할 리는 없었다.

다만 지금 상황이 바로 이해가 되지 않을 뿐이었다.

"어째서?"

재중의 입장에서는 당연한 질문이었다.

느닷없이 도와주겠다고 하면서 그녀의 가디언이 찾아왔으니 말이다.

미리 뭐 언질이 있었던 것도 아니었기에 더더욱 그랬다.

─저는 마스터의 명령을 따를 뿐입니다.

하지만 돌아온 것은 나는 시키는 대로 한다는 세프의 대답뿐이었다.

"…나참… 황당하군……. 아니야, 이건 직접 물어봐야겠지."

세프가 직접 찾아왔지만, 그 어떠한 말을 들을 수도 없는 상황임을 알았다.

결국 재중이 또다시 크레이언 올드 세이라를 찾아가기로 했다.

다른 드래곤의 가디언을 무조건 거절할 수도 없으니 말이다.

그렇다면 최소한 왜 이런 엉뚱한 행동을 하는 건지 이유는 알아야겠다는 생각에 재중이 세프에게 물었다.

"지금 너의 마스터는 섬에 있겠지?"

─네, 그분은 별다른 일이 없는 이상 섬을 벗어나시지 않는 편이십니다.

"그럼 내가 너의 마스터에게 찾아갈 테니 공간이동을

부탁한다, 세프."

바로 옆에 세프를 두고 굳이 저번처럼 힘들게 찾아갈
이유가 없었다.

재중이 간단하게 명령 같은 부탁을 했다.

ㅡ네, 그럼 제 손을 잡아주세요, 재중 님.

세프가 가녀린 손을 내밀자, 재중은 거침없이 그런 세프
의 손을 잡았다.

물론 살짝 말이다.

스팟!!

그리고 세프의 몸이 살짝 빛난다고 느끼는 순간 이미
그곳에서 재중은 사라져 버렸다.

"여~ 왔어?"

"……."

그런데 그런 복잡한 표정으로 찾아온 재중과 달리, 크레
이언 올드 세이라는 아슬아슬하게 중요한 곳만 가린 비키
니 수영복이라고 부르기도 민망한 수영복을 입고 재중을
맞이했다.

도대체 저게 과연 수영복으로서 용도가 있을지 의문이
들만큼 작은 비키니 수영복을 입고서 말이다.

"…특이한 비키니군요."

한 번 보고 슬쩍 한마디 했지만, 재중의 눈동자는 평온

하기만 했다.

어차피 재중에게 여자란 아직 다른 존재라는 인식이 강했으니 말이다.

거기다 상대는 크레이언 올드 세이라, 즉 드래곤이었다.

아무리 사람의 모습을 하고 있다고 하지만, 그녀의 몸에서 뿜어져 나오는 무서운 기운을 생각하면 음흉한 생각이 드는 것은 사실상 불가능했다.

"어쩐 일이야?"

그런데 크레이언 올드 세이라는 재중이 자신을 찾아온 것이 의외라는 표정으로 물어보았다.

"셰프를 저에게 보내셨더군요."

"응, 그랬지."

재중은 뭔가 대답을 원하는 표정으로 물어봤지만, 이건 너무 쉽게 대답하자 힘이 빠졌다.

"저에게 셰프를 왜 보낸 겁니까?"

다른 드래곤의 유희에 참견하지 않는다.

이건 드래곤들의 불문율이나 마찬가지였다.

재중이 지금 지구에서 연아와 생활하면서 움직이는 것도 어떻게 보면 유희이기도 했었다.

그렇기에 처음 크레이언 올드 세이라를 만났을 때, 그녀가 그 후로 자신을 그냥 두었다고 생각했던 재중이었다.

그런데 느닷없이 셰프가 찾아오자 살짝 황당하기도 하면서 기분이 나쁘기도 했다.

기분을 감추지 않은 재중이 딱딱한 표정으로 물어보자, 크레이언 올드 세이라는 너무나 당연하다시피 말하는 것이다.

"너 나의 정보력이 필요하지 않아? 그래서 보낸 거야. 셰프라면 꽁꽁 숨어 있는 녀석이 아니라면 모두 끄집어낼 수 있는 정보력을 가지고 있으니까 말야."

마치 큰 도움을 주니까 고맙게 생각하는 듯한 크레이언 올드 세이라의 모습에 재중은 한숨을 작게 내쉬더니 단호하게 한마디 했다.

"거절합니다……."

"왜?"

"저의 유희에 상관하지 말아주세요."

재중이 작지만 힘을 실어서 크레이언 올드 세이라에게 한마디 하자.

"호호호호호호."

대뜸 크게 웃어버리는 것이다.

반면 재중은 너무 크게 웃는 크레이언 올드 세이라의 모습에 미간을 찡그리면서 말했다.

"제가 살아가는 모습이 장난처럼 보이시나요?"

약간의 살기까지 섞인 재중의 모습에 크게 웃던 크레이언 올드 세이라가 웃음을 멈추고는 재중을 똑바로 쳐다보기 시작했다.

"재중, 너는 내가 그저 장난 삼아 너의 유희에 끼어들었다고 생각하는 거야?"

끄덕.

재중은 생각할 것도 없이 고개를 끄덕였다.

그런데 그런 재중의 모습에 크레이언 올드 세이라는 갑자기 작게 한숨을 내쉬는 것이다.

"하필… 걸려도 이런 답답한 녀석이라니… 쩝… 이것도 내 운명인 건가……."

뜻 모를 말을 한마디 하더니 대뜸 허공에 손을 뻗어서는 마치 아공간에서 꺼내듯 마나의 기운이 강하게 느껴지는 큐브를 꺼내 재중에게 보여주는 것이 아닌가?

"이건 뭡니까?"

느껴지는 마나의 기운만으로도 심상치 않은 물건이라는 것을 느낀 재중이 물어보았다.

"큐브, 아니, 다른 말로는 드래곤의 족보라고도 하지."

"이게… 드래곤의 족보… 라는 겁니까?"

"응, 뭐 인간들의 문자로 남기는 족보와는 좀 다른 의미지만, 굳이 표현하자면 드래곤의 족보라고 할 수 있는 물건이야. 그리고 동시에 드래곤의 역사를 기록하는 기록 장치이기도 하고."

재중은 드래곤의 족보라고 불리는 큐브를 보면서 신기하긴 했다.

확실히 마나를 밥 먹듯이 먹으면서 살아가는 종족인 드래곤답게 족보도 마나를 기록하는 장치라는 것이 특이했으니 말이다.

"그런데, 최근에 너의 말을 듣고 내가 깨달은 것이 있어……."

"……?"

재중은 최근에 자신의 말을 듣고 깨달았다는 말에 고개를 갸웃거렸다.

"재중, 네가 대륙에 있을 때 드래곤이 모두 사라졌다고 했었지?"

"네, 100년 동안 그렇게 대륙을 시끄럽게 했지만, 단 한 번도 드래곤을 본 적이 없으니 사라졌다는 말이 맞을 겁니다……."

"하긴… 드래고니안이 그렇게 미친 듯이 설치는 것부터가 이미 드래곤의 제어가 사라졌다는 말이니까… 맞겠지……. 하지만 그래서 중요한 것을 알아차린 셈이야."

"……?"

재중은 도대체에 무슨 말을 하려고 저러는 건지 모르겠다는 듯 고개를 갸웃거렸다.

하지만 곧 크레이언 올드 세이라의 설명이 시작되고, 시간이 지날수록 재중의 표정이 굳어지기 시작했다.

그리고 모든 이야기가 끝났을 무렵 재중의 눈동자는 무겁게 가라앉아 있었다.

"그러니까, 제가 대륙의 신이 정한 구원자 정도 된다는 말이군요?"

"음… 뭐 결과적으로 그런 셈이니 틀린 말은 아니야."

대륙 정화 계획, 그리고 이미 예전에 드래곤의 족보에서 드래곤의 역사가 몇 번이나 리셋이 된 것을 확인했다는 크레이언 올드 세이라의 말이 사실이라면 재중은 철저하게 이용당한 셈이었다.

"크크큭… 황당하지만… 그만큼 기분이 더럽군요… 아주 말이에요……."

재중의 몸에서 자연스럽게 살기가 뿜어져 나왔지만, 크레이언 올드 세이라는 그걸 보고서도 그냥 기다리기만 할 뿐이었다.

사실 자신도 대륙의 신이라는 존재에게 이용만 당하는 장기 말에 불과하다는 것을 깨달았을 때 기분이 급격하게 나빠졌으니 말이다.

"크레이언 올드 세이라 님."

"그냥 간단하게 세라라고 불러."

크레이언 올드 세이라는 자신의 애칭을 잊어버렸는지 풀네임을 부르는 재중에게 살짝 눈에 힘을 주고 이야기했다.

"네, 그럼 세라 님이라고 부르겠습니다……."

"그래그래… 어차피 이제 지구에서도, 대륙에서도 드래곤은 너와 나 단둘뿐이니까 뭐… 굳이 거리를 둬봐야 결국 손해는 우리만 보는 거야."

세라의 모습을 본 재중은 그녀가 갑작스럽게 태도가 돌변한 이유가 이것 때문이라는 것을 알고는 씁쓸한 웃음을 지을 수밖에 없었다.

신의 장기말, 그리고 신이 만들어놓은 운명에 따라 움직이고 이용만 당한 세라와 재중이었으니 말이다.

대륙에서는 대륙을 지키는 최후의 존재로 불리는 드래곤이었다.

대륙에 살아가는 모든 존재가 드래곤 앞에서는 고개를 숙이는 것이 당연했다.

하지만 정작 그런 드래곤도 결국 신의 장기말에 불과했던 것이다.

"하지만, 제가 대륙으로 가야 한다는 것은 납득할 수 없습니다, 세라 님."

재중은 이야기를 다 들었지만, 조용히 대륙으로 같이 가자는 세라의 말을 여전히 거절하고 있었다.

그런데 세라도 그런 재중의 대답을 예상했는지 별다른 변화가 없었다.

오히려 입가에 미소를 지으면서 재중의 곁에 슬쩍 다가오는 것이 아닌가?

"넌 인간들 사이에서 살아갈 생각인가?"

"아닙니다⋯⋯."

"그럼 너의 핏줄인 선우연아가 수명이 다해 죽은 다음에는 어쩔 생각이지?"

"은거할 겁니다. 세상 깊은 곳에."

"하⋯ 답답한 녀석이군. 뭐 드래곤 자체가 은거해서 조용히 살아가는 성격이니 뭐 굳이 틀린 선택이 아니라고 말할 수도 있지만, 넌 그런 선택을 하는 순간, 이 지구의 균형을 한쪽으로 기울이는 무게추가 될 거다⋯⋯."

이미 예전에도 한 번 들었던 말이었기에 재중은 그냥 슬쩍 작게 미소를 지을 뿐이었다.

자신의 힘이 지구에서는 말도 안 되는 능력이라는 것을 알고 있었다.

하지만 그렇다고 연아를 두고 떠난다는 것은 재중에게
는 있을 수 없는 일이었다.

재중이 대답을 하지 않자 크레이언 올드 세이라가 말을
덧붙였다.

"그래서 내가 도와주려는 거야. 무게추가 기울기 전에
너의 마음을 돌리기 위해서."

"……."

말은 재중을 도와주면서 위하는 것처럼 하지만, 결국 세
라도 자신의 이득을 위해서 재중을 설득하고 있을 뿐이었
다.

물론 재중도 납득할 만한 이유와 명분이 있긴 하다.

하지만 결국 궁극적으로는 세라 자신이 재중과 같이 대
륙으로 가는 것이 가장 큰 목표라는 것은 다를 것이 없었
다.

"고집불통이군……."

세라는 결국 재중의 대쪽 같은 성격에 한숨을 쉬면서
고개를 흔들었다.

하지만 세프를 재중의 곁에 보내는 것은 포기하지 않는
것을 보면 세라도 재중만큼이나 한 고집 하는 듯했다.

"내가 마음대로 움직일 수 있는 인공위성이 30개가 있
지. 그리고 그 위성의 관리는 세프가 하고 있기도 하고

말야."

"···인공위성······."

재중은 세라가 인공위성을 가지고 있다는 말에 살짝 놀랐다.

충분히 있을 만한 이야기였지만, 재중은 그걸 생각해 본적이 없었던 것이다.

인공위성을 만드는 것보다, 대기권에 쏘아 올리는 것에 돈이 훨씬 많이 드는 것이 지금의 지구였다.

하지만 드래곤인 세라에게 인공위성을 대기권에 올리는 것은 너무나 손쉬운 것이다.

예전에 재중이 정태만을 우주로 날려 버린 것처럼 마법을 혼용해서 사용하면 인공위성이 아니라 커다란 크루저도 얼마든지 대기권으로 날려 보낼 수 있으니 말이다.

하지만 인공위성을 가지고 있다고 해도 그것만으로는 지금 세프의 정보력을 모두 설명하기에는 조금 모자란 감이 있었다.

재중이 슬쩍 다시 쳐다보자 세라가 말을 이었다.

"후후후훗··· 인공위성은 그저 기초일 뿐이야. 그걸 바탕으로 세계 모든 정보단체와 연결이 되어 있으니까. 물론 그들은 날 몰라. 오직 세프를 상대할 뿐이거든."

"그렇군요······."

그제야 재중은 세라의 정보력이 바로 이해가 되었다.

인공위성을 30개나 가지고 있고, 거기다 세계 정보단체에도 영향력을 끼칠 수 있는 존재라면, 아마 죽어서 땅속에 묻히지 않는 이상 세라와 세프의 눈을 벗어나는 것은 상당히 어려울 것 같았다.

"사실 재중 네가 아니라도, 내가 가기 전에 정리할 계획이기도 했어. 녀석들이 마법을 부적에 섞어서 사용하는 것은 도저히 그냥 넘길 수가 없으니까……."

"……."

재중은 세라가 이미 예전부터 삼합회가 마법을 부적술에 섞어서 사용한다는 것을 알고 있었다는 것에 놀라서 그녀를 쳐다보았다.

"후후훗. 내가 알고서 방치한 것이 잘못되었다고 말하고 싶은 건가?"

"굳이 아니라고 하고 싶진 않군요."

재중이 나직하게 자신의 기분을 표현했다.

"후후후후후후훗. 내가 왜 그래야 하지? 지구의 역사에 굳이 끼어들 이유가 없는데 말야."

오히려 큰소리치는 세라의 모습에 재중이 나직하게 대꾸했다.

"그럼 왜 뒤늦게 정리할 생각입니까?"

재중이 날카로운 한마디에 세라는 웃음을 멈추고는 말했다.

"이제는 그들의 마법과 부적술의 결합이 위험수위에 도달했으니까. 지구의 균형을 위해서는 처리해야만 해."

간단한 대답이었다.

전에는 그냥 조잡한 수준이었을 것이다.

마법과 부적술의 결합이 결코 쉽진 않았을 테니 말이다.

하지만 인간이 어떤 종족인가? 아무리 실패해도 결코 포기하지 않는 종족이었다.

그리고 실패와 함께 시간이 쌓이면서 경험도 같이 쌓여가더니 결국은 지금의 상당한 수준의 마법과 섞은 부적술을 만들어낸 듯했다.

그런데 재중은 위험하다는 세라의 말에 고개를 저었다.

자신이 직접 겪은 삼합회의 마법이 섞인 부적술은 그래도 아직 위험하다는 느낌을 받기에는 많이 미흡하기만 했었다.

"경솔하군, 재중."

"……?"

"넌 인간이었던 적이 있으면서도 인간의 무서움을 모르고 있으니 말이야."

세라는 재중의 안이한 생각이 마음에 들지 않는 듯 날 카롭게 한마디 하고서는 오히려 재중이 인간이었던 적이 있는 것을 꼬집어서 말했다.

"인간들은 이미 충분히 실패한 경험이 쌓였어. 그리고 마법을 보조해 줄 녀석들도 충분히 마법적 경험이 쌓였지. 과연 이 둘의 경험과 노력이 합쳐진다면 어떻게 될까?"

"…위험하군요."

자신에게 덤비지 않으면 무시하는 재중이었기에 안이한 생각을 가지고 있긴 했다.

하지만 객관적으로 지구의 균형을 생각하는 세라가 보기에는 달랐다.

삼합회의 마법과 부적술의 결합은 도달해 가는 상황으로 봐서는 이제는 충분히 위험한 수준에까지 오른 상태였다.

아직 지구에는 마법이 미지의 영역이었으니 말이다.

하물며 그걸 삼합회 같은 국제적은 영향력을 가진 폭력 집단이 사용한다면, 아마 세계 3차대전이 벌어져도 이상하지 않을 것이다.

"넌 이미 지구의 균형에 가까이 다가간 상태야, 재중. 일부러 외면해도 운명이 그렇게 두질 않으니까."

"훗… 뭐 틀린 말은 아니군요."

재중은 확실히 세라가 거만하고 자기 위주이긴 하지만, 살아온 세월은 결코 쉽게 생각할 수 없다는 것을 다시 한 번 느꼈다.

사건의 본질을 파악하는 것은 확실히 재중보다 몇 배나 앞서 있었으니 말이다.

"그럼 결국 제가 라스푸틴의 제자로 보이는 녀석들을 처리하는 것은 세라 님도 하려고 했던 일이군요."

재중은 고집을 피워봐야 결국 세라의 뜻대로 움직일 것 같은 예감이 들었다.

결국 재중은 괜히 씨름해서 힘 빼는 것보다는 그냥 받아들이기로 했다.

뭐 어차피 재중에게는 이득이 되면 되었지, 손해는 아니었으니 말이다.

씨익~

재중이 결국 승복하자 세라는 입가에 미소를 가득 그리더니 세프에게 슬쩍 눈치를 주었다.

―잘 부탁드립니다, 재중 님.

어쩔 수 없이 재중은 세프와 함께 다닐 수밖에 없었다.

그런데 그때 재중의 뇌리에 문득 스친 생각이 있었다.

"세라 님."

"응?"

"언제까지 세프를 제 곁에 두실 생각입니까?"

"라스푸틴 잡을 때까지."

"그럼 가디언이니, 제 그림자나 보이지 않는 수단을 사용해서 제 곁에 있도록 해주세요."

재중은 괜히 오해를 사는 것이 싫었기에 나직하게 한마디했다.

하지만 세라는 환하게 웃으면서 고개를 저었다.

"안타깝지만, 저 녀석은 엘프에서 가디언이 된 녀석이라, 재중의 네 가디언과 달리 그림자에 몸을 숨기거나 보이지 않게 하는 능력은 없어."

"네?"

"후후훗 그럼 내가 괜히 세프를 참모로 쓰겠어? 애초에 엘프는 전투력도 중간, 능력도 중간이야. 다만 유별난 지식이 많아서 참모로 쓸 뿐이야."

재중은 지금 세라의 말을 가만히 정리해 보고는 미간을 찌푸릴 수밖에 없었다.

즉 세프는 엘프라는 것이다.

그리고 테라와 흑기병과 달리, 세프는 기본적으로 전투력도 중간, 능력도 중간, 즉 계륵이나 마찬가지였다.

단 하나 지식이 상당하다는 것을 보면 오만한 드래곤이 인정할 정도의 두뇌인것만큼은 확실했다.

하지만 재중은 지금 그게 문제가 아니었다.

"…세라 님."

"왜?"

"지금 재미있으시죠?"

빠득!

재중이 지금 세라가 일부러 재중을 곤란한 상황에 놓이도록 수작을 부렸다는 것을 깨닫고 노골적으로 이를 갈면서 물어보았다.

"후후후후훗. 늦었어, 재중. 이미 네가 세프를 곁에두는 것을 허락한 이상, 언령의 제약을 받으니까 말야."

"……."

확실히 교활했다.

그리고 음흉하기도 했다.

교묘하게 재중이 허락할 수 있을 만한 주제와 이야기로 정신을 살짝 흔들어놓은 다음에, 재중이 귀찮은 것을 싫어하는 성격까지 파악해서 재중이 승낙할 수밖에 없는 상황을 만들어놓은 것이다.

하지만 뒤늦게 재중이 세프가 엘프이고, 테라와 흑기병과 달리 몸을 숨기는 능력이 없다는 것을 알게 되었다.

'당했군.'

재중은 그제야 세라가 진정으로 노린 것이 무엇인지 알

수가 있었다.

바로 재중이 지구에서 생긴 인연을 강제로라도 끊으려고 하는 것이다.

우선 선우연아는 아무리 세라라도 어떻게 할 수가 없는 상황이긴 했다.

피로 맺어진 인연은 신이라도 쉽게 끊지 못하는데, 드래곤이라고 별수가 있겠는가? 하지만 그 외 다른 인연은 얼마든지 가능한 것이다.

특히나 천서영과 재중의 관계는 말이다.

"후후훗… 뭐 연인이 만나고 헤어지는 것은 자연스러운 일이니까."

노골적으로 재중을 놀리는 세라의 모습에 재중은 살기까지 퍼트리면서 한참을 노려보다가 결국 살기를 풀어버렸다.

당한 자신이 바보 같았으니 말이다.

세상은 결국 당하는 녀석이 바보였다.

사기든, 거짓말이든, 죽음이든 말이다.

언뜻 보기에는 지구는 평등사회로 보일지 모르지만, 오히려 평등사회로 위장한 약육강식의 법칙이 고스란히 남아 있는 곳이었다.

물론 대륙처럼 노골적으로 강자가 약자를 집어삼키는

짓은 하지 않지만, 지구는 돈이라는 괴물을 이용해서 교활한 자가 바보를 집어삼키는 것이다.

그리고 그런 세상에 누구보다 익숙한 재중이었기에 포기도 빨랐다.

특히 언령의 제약이 발휘되었다면, 재중이 아무리 노력해도 소용없는 일일 테니 말이다.

"정말… 당신은 여러 가지로 곤란하게 하는군요."

재중은 조금씩이지만 세라가 짜증 나기 시작했다.

물론 당장 적으로 돌릴 수는 없었다.

가진 힘이 아직 재중보다 많고 큰 존재였으니 말이다.

하지만 계속 이렇게 살살 약 올린다면, 재중도 어떤 선택을 할지는 알 수가 없는 법이다.

"후후훗… 뭐 미안하게 생각해. 하지만 어쩔 수 없다는 것은 이해해 줘. 난 이곳에서 벗어나는 것이 그다지 쉬운 몸이 아니니까 말야."

"…제약에 묶여 있는 겁니까?"

재중은 짜증은 났지만, 세라의 말을 듣고 나니 지금까지 너무나 부자연스러운 세라의 행동 범위가 떠올랐다.

재중이 슬쩍 물어보자 조금은 씁쓸한 표정을 지은 세라가 말했다.

"내가 신탁으로 받은 임무는 5,000년 동안 지구를 지켜보는 것이야. 물론 내 가디언은 예외지만 말이야."

"…그렇군요……."

재중은 대충 자신이 원하는 대답이 되었다는 생각에 고개를 까닥거리는 수준의 인사를 한 뒤 몸을 돌리면서 허공 속으로 사라져 버렸다.

"무뚝뚝한 녀석이야, 역시나……."

하지만 세라는 그렇게 사라진 재중을 보면서 조용하게 중얼거릴 뿐이었다.

그리고 걱정스러운 표정도 숨기지 못했다.

"저런 성격은… 정말 드래곤 역사에도 찾기 힘든 성격인데……. 피곤하겠어… 앞으로 녀석과 함께 살아가려면……."

계속 약 올리듯 재중의 심기를 자꾸 건드리는 세라였지만, 놀랍게도 지금 그녀가 하는 말은 재중과 함께 살아간다는 말이었다.

아마 누가 이곳에 있었다면 황당한 표정을 지을 것이다.

재중의 속을 모두 뒤집어놓고서는 함께 살아간다니, 확실히 성격이 특이하긴 했다.

뭐 그러거나 말거나 세라는 곧 웃음을 지었지만 말이다.

"나의 아담~ 열심히 노력해 봐."

그러고는 재중을 향해 아담이라는 말을 하고서는 다시 해변의 비치 의자에 앉아서 여유로운 하루를 시작하는 세라였다.

Chapter 12
제자를 찾아라

재중귀환록

"녀석들의 행방은?"

재중의 심기가 상당히 불편하다는 것이 노골적으로 드러난 상태였지만, 사실 세프에게는 아무런 잘못이 없었다.

뭐 잘못이 있다면 크레이언 올드 세이라, 아니, 이제는 세라라고 불러도 되는 존재의 가디언이라는 이유가 문제일 뿐이었다.

하긴 그거야말로 지금 재중의 심기를 건드리는 가장 큰 이유이긴 했다.

촤라락!

반면 셰프는 재중의 질문이 떨어지자마자 곧바로 아공간에서 작은 태블릿 PC 같은 것을 꺼내더니 스위치를 눌렀다.

그러자 허공에 홀로그램처럼 입체적으로 주변의 지도가 선명하게 그려지기 시작했다.

"마법과 과학을 합쳤군."

재중은 태블릿 PC 화면이 입체로 홀로그램화 되는 것을 보고는 곧바로 마법과 과학을 섞었다는 것을 눈치채고 말했다.

―네, 이건 이미지 마법과 홀로그램장치, 그리고 태블릿을 동시에 연결한 제품이라, 현재는 저만 사용 가능합니다.

"그래?"

―네, 30개의 인공위성을 동시에 연결하는 유일한 장치기도 합니다, 재중 님.

평소에 테라의 편안한 말투를 듣다가 갑자기 셰프의 딱딱한 말투를 들으니 재중은 이상하게 적응이 되지 않았다.

결국 재중은 몇 번 듣더니 한마디 했다.

"그냥 편안하게 말해, 내 가디언도 그렇게 말하니까."

그런데 세프는 오히려 재중의 말을 듣고 고개를 갸웃거렸다.

ㅡ편하게라는 뜻이 어떤 것을 말씀하시는지 잘 모르겠습니다, 재중 님.

"…역시 엘프군……."

대륙에서도 아주 가끔이지만 엘프를 만난 적이 있던 재중이다.

세프가 엘프라는 말을 들어서 그런지, 대륙에서 만났던 엘프 특유의 특성이 그대로 드러난 것에 한숨을 쉬어버렸다.

변화를 쉽게 받아들이지 않는 엘프들은 신기하게도 자신들만의 말투와 몸짓을 바꾸는 것이 심하게 서투른 것이다.

그렇다고 엘프가 노력하지 않는 것도 아니었다.

엘프도 스스로가 적응하려고 노력하지만, 엘프 종족의 특성 때문인지는 몰라도 적응 속도가 무척 느렸다.

재중은 엘프가 인간들처럼 편안하게 말하는 것을 본 게 10년쯤 뒤였다는 것을 떠올릴 수 있었다.

한동안 저 딱딱한 말투를 계속 들어야 한다는 것이 답답할 따름이다.

ㅡ쉽게 이해가 가지 않습니다. 죄송합니다, 재중 님.

결국 세프도 재중의 말뜻을 이해하지 못해 버렸다.

물론 재중도 그럴 것이라는 것을 알고 있었기에 그냥 괜찮다는 손짓으로 마무리해 버렸다.

뭐 지금은 그게 중요한 게 아니었으니 말이다.

─현재 각자 흩어져 있는 것으로 확인됩니다, 재중 님.

"가장 가까이 있는 녀석의 위치는?"

재중도 딱히 자신의 가디언도 아니다 보니 그냥 신경 쓰지 않기로 했다.

─이곳에서 동북쪽으로 2.5㎞ 밖 사막에 있는 도로 한 중간쯤입니다, 재중 님.

"사막에 있는 도로… 중간?"

─네.

재중은 세프의 말을 듣고서 뜬금없이 도시나 빌딩 안이 아닌 사막에 있는 도로 중간쯤에 있다는 말에 고개를 갸웃 거렸다.

하지만 이곳은 두바이었다.

웬만한 사람들이 드라이브를 하려고 바깥쪽 도로에 자주 나가는 것을 생각하면 크게 이상한 것도 아니었다.

재중이 가볍게 세프가 말한 방향으로 몸을 돌리자,

퉁!

가볍게 재중의 몸이 튀어 오르더니 살짝 흐릿한 잔상만

남기고서 사라져 버렸다.

탓!

물론 세프도 재중이 움직이자 곧바로 뒤따라 움직였다.

하지만 확실히 능력이 중간이라는 말이 맞는지 재중을 도무지 따라잡질 못하는 세프였다.

"애고… 혹이 딸린 셈이군."

재중은 결국 속도를 줄이고 가까이 보이는 빌딩 옥상에 잠시 착지했다.

조금 뒤 세프의 모습이 보이더니, 재중이 있는 곳에 도착했다.

"느리군."

재중이 냉정하게 세프에게 한마디했다.

—죄송합니다, 재중 님. 전 전투 타입이 아니다 보니 능력에 한계가 있습니다.

마치 당연하다는 듯 말하는 세프였다.

하지만 재중은 역시나 이래야 엘프지라는 표정이었다.

대륙에서 봤던 엘프들도 지금 딱 세프처럼 이랬으니 말이다.

사과를 할 때도 당당히, 진심으로 말하는 종족이 엘프였다.

다만 문제라면 말투가 워낙에 딱딱하다 보니 진심으로

말을 해도 아주 당연하게 듣는 사람들은 오해를 하는 것이었다.

그것도 아주 나쁜 쪽으로 말이다.

얼핏 들어보면 능력 부족이 당연하다는 듯 대답하는 것처럼 보여도 딱히 할 말이 없는 말투였으니 말이다.

"남은 거리는."

재중은 종족의 특성이라는 것을 알기에 그냥 넘기고 다시 물어보았다.

─1㎞입니다, 재중 님. 그런데 목표가 이동하기 시작했습니다.

"그래… 자동차를 타고 이동한다는 거군, 결국……."

재중은 가장 가까이 있는 녀석을 찾아 움직였는데 어쩌다 보니 녀석이 차를 다고 움직이고 있었다.

하지만 지금처럼 세프라는 혹을 달고 차를 쫓아가는 것은 좀 무리가 있기에 결국 재중의 선택은 간단했다.

덥썩!

세프를 재중이 안아 든 것이다.

─죄송합니다, 재중 님.

세프도 자신이 재중에게 현재 짐이 되고 있다는 것을 정확하게 알고 있는지, 재중이 갑자기 안아 들었지만 놀라는 기색도 없었다.

오히려 재중에게 사과하는 모습에 재중은 그냥 피식 웃어버렸다.

"널 받아들인 건 내 결정이니까, 책임도 내가 져야겠지."

그러고는 살짝 허리를 굽혔던 재중이 빌딩의 옥상에서 사라져 버렸다.

하지만 얼마나 갔을까?

재중은 두바이 바깥쪽에 도착하자마자 셰프를 내려놓았다.

그러고는 아공간을 열더니 부가티 베이론을 꺼내놓고는 셰프를 조수석에 태워 버렸다.

"이러면 간단할 것을… 굳이 힘들게 안고 뛰었어. 나도 참……."

재중은 그저 서두르다 보니 자신의 아공간에 차가 있다는 것도 깜빡한 듯했다.

물론 도로를 보자 바로 떠오르긴 했지만 말이다.

부앙! 아아아앙…….

그리고 재중이 시동을 켜자, 그동안 시내 도로를 달리면서 답답함을 토해내듯 했던 재중의 부가티 베이론이 우렁찬 엔진음을 냈다.

그리곤 악셀을 밟자마자,

부아아아아아앙!

순식간에 속도계가 100㎞/h를 넘더니 200㎞/h도 금방 넘어버렸다.

그리고 재중도 처음으로 운전하면서 힘껏 밟아보는 느낌에 기분이 좋은 표정을 지었다.

'남자들이 차에 미치는 것도 왠지 이해가 가는구만…….'

자신이 직접 달리면 지금 부가티 베이론 정도는 아무렇지 않게 따돌릴 수 있는 능력을 가진 재중이었다.

하지만 직접 달리는 것과 차를 몰고 달리는 것이 전혀 다른 느낌이라는 것을 알게 된 것이다.

그리고 왜 남자들이 슈퍼카에 그토록 열광하는지도 이해가 가는 재중이었다.

뭐랄까, 차의 엔진 소리가 자신의 심장소리와 동화되어 가는 느낌이랄까? 아무튼 신선한 경험이었다.

─전방 100미터 앞에 노란색 람보르기니 차량이 목표입니다, 재중 님.

하지만 그런 기분은 금방 사라져 버렸다.

세프가 바로 코앞에 보이는 노란색 람보르기니 차량에 라스푸틴의 제자로 보이는 녀석이 타고 있다는 말을 전했으니 말이다.

"……?"

그런데 재중이 노란색 람보르기니를 확인하자마자, 갑자기 람보르기니가 멈췄다.

그리고 차에서 누군가 내렸다.

─목표물이 차에서 내렸습니다, 재중 님.

굳이 말하지 않아도 되지만, 재중은 그냥 듣기만 했다.

일일이 따지기에는 엘프의 특성상 소귀에 경 읽기였으니 말이다.

끼이익!!

그리고 재중도 람보르기니와 불과 10미터 정도 사이를 두고는 멈출 수밖에 없었다.

목표물이 똑바로 자신을 쳐다보고 있기도 했지만, 현재 도로에는 재중의 부가티 베이론과 목표물이 탄 노란색 람보르기니가 유일하기도 했다.

딸각.

"넌 여기서 기다려."

─네, 재중 님.

상대가 어떤 능력을 가지고 있는지 모르는 상태에서 어중간한 능력과 무력을 가진 세프는 차라리 테라의 마법으로 무장한 부가티 베이론 안에 있는 것이 안전하다는 생각이 들었다.

그래서 재중은 아예 한마디 하고는 내려 버렸다.

"눈치챘군… 이미."

재중은 자신이 차에서 내리자마자 똑바로 자신을 보는 목표물의 모습에 이미 자신의 존재를 녀석이 알고 있다고 판단했다.

재중은 피식 웃으면서 천천히 걷기 시작했다.

저벅… 저벅… 저벅… 저벅…….

그냥 걸었다.

녀석이 똑바로 재중을 쳐다보고 있었지만, 재중은 애초에 녀석들이 자신의 접근을 알든 모르든 상관없다는 식으로 말이다.

그리고 재중이 멈춘 것은 녀석과의 거리가 불과 1미터 정도 남짓 하는 거리에서였다.

"너 라스푸틴이 어디 있는지 말할 수 있냐?"

그러고는 재중이 대뜸 라스푸틴에 대해서 이야기를 했다.

"크크크크큭… 스승님의 말씀대로군요. 이곳에 있으면 그대가 찾아올 거라고 하더니."

"훗… 기다렸다는 건가?"

재중은 녀석의 말에서 녀석들을 찾아온 건 재중 자신이 아니라 오히려 이곳에서 기다리는 녀석들의 함정에 빠진 것을 알았다.

하지만 재중의 표정에는 여전히 여유가 넘칠 뿐이었다.

상대가 함정을 파든, 기다리고 있든, 결과는 크게 달라질 것이 없었으니 말이다.

그런데 그때 갑자기 재중의 뒤쪽에서 셰프가 차에서 내리더니 소리치는 것이다.

─재중 님!! 이곳에 마나동결마법진이 있습니다!!

그리고 그 순간 녀석의 입가에 미소가 그려지고 있었다.

"발동!!"

마치 기다렸다는 듯 녀석의 입에서 간단한 한마디가 터져 나오자.

웅! 웅! 웅! 웅!

마치 수많은 소리가 사방에서 울리듯 재중의 귓가를 간질이였다.

이어서 재중의 주변 마나의 흐름이 천천히 느려지더니, 결국에는 멈춰 버렸다.

"크크크… 네놈은 결국 내손에 죽을 것이다…….."

마나가 완전히 동결되었다는 것을 느낀 녀석이 손을 하늘로 뻗었다.

그러자 허공에 손이 잠시 사라졌다가 다시 나타났다.

물론 빈손이 아닌 양쪽에 붉은색의 철갑옷을 입은 데스 나이트 2기와 함께 말이다.

　쿵!! 철컥!!

　쿵!! 철커덕!!

　전신에 붉은색을 칠한 듯한 데스 나이트 2기는, 녀석의 양쪽에 마치 호위를 하듯 자리 잡았다. 그런데 조금 특이한 것이 녀석의 오른쪽에 있는 데스 나이트의 크기가 조금 작은 것이다.

　그리고 또 다른 점이 있는데, 스페인에서 봤던 데스 나이트와 달리 방패도 없고 무기라고 할 만한 것은 검이 전부였다.

　"으하하하하! 네놈이 부숴 버린 막내의 데스 나이트보다 훨씬 업그레이드된 데스 나이트 마크2다. 하하하하!!"

　마치 자신의 데스 나이트가 최강이라는 듯 큰소리치는 것도 조금 웃겼지만, 재중은 녀석이 말한 데스 나이트 마크2라는 네이밍 센스에서 실소를 터뜨려 버렸다.

　뭐 딱히 스페인에서 만난 데스 나이트에 비해서 크게 달라진 것이 없어 보이는데 저렇게 큰소리치는 것을 보면 어지간히 자신있는 듯했다.

　일부러 재중을 유인하려고 두바이에서 마나동결마법진까지 그려놓고 기다린 것을 보면 말이다.

씨익~

하지만 재중은 녀석의 모든 자랑을 다 들어주고 난 뒤, 조용히 손목에 힘을 풀더니 몸 안의 마나를 끌어 올렸다.

솨아아아아아악!

잠시 뒤, 갑자기 재중의 몸에서 엄청난 마나의 회오리가 휘몰아치기 시작했다.

"헉… 뭐야, 저건!!"

당연히 녀석은 지금 마나가 동결되어 있기에 재중의 몸에서 뿜어져 나오는 마나의 회오리를 이해할 수 없다는 표정으로 보며 놀랄 뿐이었다.

마나가 동결되어 있는데 저런 마나의 회오리라니 녀석으로서는 이해할 수 없는 상황이었다.

"말도 안 돼!! 지금 마나동결상태인데……!! 마나가 회오리치다니!! 있을 수 없는 일이야!!"

녀석의 마나동결마법은 라스푸틴에게서 직접 배워서 거의 라스푸틴에 근접한 수준이라고 칭찬을 받았던 마법진이었다.

그래서 자신있었다.

재중을 유인해서 처리하는 임무에 먼저 지원한 것도 모두 자산의 마나동결마법진을 철썩같이 믿었기 때문이었으니 말이다.

그런데 그런 믿음이 한순간에 부서져 버린 것이다.

쩌거걱!! 쩌걱!

거기다 재중의 몸에서 뿜어져 나오는 마나의 회오리가 점점 강해질수록, 녀석이 만들어놓은 마나동결마법진이 부서지기 시작했다.

"있을 수 없는 일이야!! 이건 도저히!!"

마나동결마법진 안에서는 마법진의 주인을 제외하고는 상대의 마나를 상당량 제한한다.

본래 상대가 가진 마나를 완전히 멈추게 하는 것부터, 최저 50%는 사용하지 못하게 하는 마법진이었다.

마나를 사용하는 존재에게는 마나동결마법진은 거의 사형선고를 내리는 것이나 다름없었다.

그런데 재중은 그런 마법진 안에서 마나를 활성화시킨 것이다.

거기다 그것도 모자란지 마나를 폭주시키듯 주위에 퍼뜨려서 마법진을 깨뜨리고 있었다.

"안 돼!! 공격!!"

녀석은 이대로 조금만 지나면 자신의 마나동결마법진이 부서질 것이라는 생각에 바로 데스 나이트에게 공격 명령을 내렸다.

쾅!!

쾅!!

그 순간 데스 나이트 2기가 동시에 재중을 향해 몸을 날렸다.

쇄애애애액!

마치 붉은색의 빛이 그려지듯 빠르게 재중을 향해 달려든 데스 나이트 2기는 그대로 하나는 재중의 목을, 다른 하나는 재중의 허리를 향해 검을 힘차게 휘둘렀다.

캉!! 캉!!

그러나 데스 나이트가 휘두른 검은 재중의 옷자락 하나도 건드리지 못했다.

그리고 그런 데스 나이트 앞에 모습을 드러낸 것이 있었으니, 시커먼 흑색의 갑옷으로 온몸을 감싸고 있는 흑기병이었다.

파삭!

그리고 동시에 데스 나이트의 공격이 실패하자마자 주변에서 마나를 강제로 멈추게 했던 마나동결마법진도 부서져 버렸다.

화아악!

강제로 멈춰 있던 마나가 마법진이 부서지면서 제어력이 없어지자 아주 시원한 바람이 잠깐 불더니 다시 정상으로 돌아가 버렸다.

반면 녀석은 재중의 앞에 갑자기 모습을 드러내 데스나이트 2기의 공격을 모두 막아낸 재중의 흑기병을 보고는 황당한 표정을 짓고 있는 모습이었다.

"저건 뭐야… 이야기가 다르잖아……!!"

황당하게도 녀석은 재중에게 흑기병이 있다는 말을 들은 적이 없는 듯했다.

"결국 한 번 쓰고 버릴 작정이었군……."

재중은 녀석이 왜 흑기병의 존재를 몰랐는지 대충 짐작이 되기도 했다.

애초에 라스푸틴에게 제자란 자신의 수족에 불과한 녀석이었으니 말이다.

자신의 정보를 감추기 위해 스페인에서 재자의 뇌를 녹여 버리는 짓도 서슴없이 했던 라스푸틴이었다.

그런 녀석이 함정을 파서 재중을 기다린 녀석에게 흑기병의 존재를 말하지 않았다는 것은 간단하게 생각해도 답이 나오는 상황인 것이다.

"그저 시간 벌이용이군."

어떤 시간을 벌기 위해서 삼합회를 움직이던 녀석 중에 하나를 버리는 패로 선택한 건지 모르지만, 녀석이 버려졌다는 것만큼은 확실했다.

"흑기병."

―네, 마스터.

"큰 놈? 아니면 작은 놈?"

재중이 간단하게 물어보자,

끼릭, 철컹!!

흑기병이 대답도 없이 그대로 덩치가 큰 놈을 향해 움직였다.

"그럼 난 작은 놈이군."

스페인 때와 달리 이번에는 페어로 움직일 수밖에 없었다.

어차피 녀석이 버려진 패라면 당연히 뭔가 꿍꿍이가 있을 것이 분명했다.

그럼 시간을 끄는 것은 바보 같은 짓이었다.

버려진 녀석을 이용하는 경우는 오직 하나였으니 말이다.

어떻게든지 재중의 발을 묶어두는 용도 오직 하나인 것이다.

쾅!!

먼저 움직인 흑기병은 곧바로 덩치 큰 데스 나이트와 격돌했다.

그런데 이번에도 흑기병은 자신의 주 무기인 흑색의 창을 꺼내지 않고 그저 맨손으로 싸우기 시작했다.

쾅!! 쿠쿵!!

하지만 조금은 어색한 데스 나이트의 움직임과 달리, 흑기병의 움직임은 마치 살아 있는 사람이 움직이는 것처럼 너무나 자연스러웠다.

혹!! 혹!!

데스 나이트의 검을 흑기병은 마치 복싱 선수처럼 상체를 흔드는 더킹으로 너무나 쉽게 피하더니, 순식간에 데스 나이트의 품 안으로 파고들자마자,

쾅!! 쾅!!

연속으로 건틀릿 주먹을 그대로 꽂아 넣어버리고는 바람처럼 빠져나가 버렸다.

우지끈… 우지끈!!

그리고 겨우 단 두 방이지만 흑기병의 건틀릿 주먹이 적중한 데스 나이트의 가슴 쪽에 금이 가버렸다.

"말도 안 돼!! 데스 나이트가 겨우 저런 주먹에 금이 가다니……!"

녀석은 흑기병의 움직임에도 놀랐지만, 그보다 무기도 아닌 겨우 주먹에 데스 나이트의 갑옷이 부서지기 시작했다는 것에 상당한 충격을 받은 듯했다.

하지만 그건 시작에 불과했다.

휙!!

재중도 작은 데스 나이트에게 달려들자마자 날아오는 주먹을 아주 종이 한 장 차이로 피하면서 몸을 가볍게 회전하더니, 몸을 돌려 안으로 파고든 것이다.

그런데 재중의 몸이 파고드는 순간.

쿵!

마치 커다란 종이 울리는 듯한 무거운 소리가 사방에 진동했다.

콰직!!

그리고 재중의 몸이 파고든 데스 나이트의 왼쪽 옆구리가 갑자기 허무하리만큼 쉽게 부서져 버렸다.

물론 옆구리가 부서졌다고 해도 데스 나이트가 쓰러지는 것은 아니었다.

데스 나이트를 구성하는 핵인 쟁롯이 있는 것을 부숴야만 했으니 말이다.

'충격파가 확실히 크군.'

반면 재중은 데스 나이트를 주먹을 피하면서 품으로 파고든 순간, 자연스럽게 튀어나온 무공에 피식 웃어버렸다.

용(龍)도 잡을 수 있다는 전설이 있는 무공이었지만, 정작 드래곤인 자신이 써야만 그 정도 위력이 나오는 셈이었으니 말이다.

하지만 확실히 위력 하나만큼은 상당했다.

그리고 무엇보다, 그동안 무조건 치고 박기만 하던 재중의 전투 방식이 바뀌었다는 것을 재중 스스로가 느끼고 있는 중이었다.

휙!

휘이익!!

데스 나이트의 검이 재중의 옷자락 하나도 건드리지 못하고 있었다.

그런다고 재중이 크게 회피하면서 거리가 멀어지는 것도 아니었다.

쾅!!

바로 손만 뻗으면 닿을 거리에서 재중은 오로지 몸의 움직임만으로 데스 나이트의 검을 모조리 피하고 있는 중이었다.

그리고 피하면서 동시에 주먹이나 발을 뻗어서 데스 나이트의 갑옷을 부숴 버리는 것도 잊지 않았다.

하지만, 확실히 녀석이 큰소리친 이유가 있는 듯했다.

"바로 복구되는군… 귀찮게 됐어."

불과 1초 정도일까? 재중이 부숴 버리고 잠시 피한다고 몸을 돌리는 사이에 데스 나이트의 부서진 갑옷이 온전히 복구되어 버렸다.

상황이 이렇게 되니 재중도 귀찮은 듯한 표정을 지을 수밖에 없었다.

1초 만에 복구되는 갑옷은 재중에게도 상당히 까다로운 능력이었으니 말이다.

콰직!!

그건 흑기병도 마찬가지였다.

마치 권투하듯 치고 빠지기를 반복했지만, 결과적으로 무승부였다.

보기에는 흑기병의 일방적인 격투였지만, 상대 데스 나이트가 바로 복구해 버리니 이건 밑 빠진 독에 물 붓는 것이나 다름없으니 말이다.

"별수 없군."

그렇게 데스 나이트와 5분 정도 싸움이 길어지는 것 같자 재중은 별수 없이 선택해야만 했다.

상대가 이런 식으로 시간을 끄는 것이 목적이라면 그것에 끌려가는 것 자체가 이미 재중이 지고 있는 거나 다름없었으니 말이다.

촤라라라락!

결국 재중이 마음을 먹었는지 눈빛이 바뀌었다.

그리고 그동안 거의 근접해서 싸우던 재중이 돌연 몸을 뒤로 빼는 순간, 재중의 몸이 은빛으로 바뀌기 시작했다.

순식간이었다.

눈동자는 물론 바람에 흔들리는 머리카락까지 모두 은 빛으로 바뀐 재중의 모습은 이질적이면서도 묘한 위압감 이 뿜어져 나오고 있었다.

그런데 그게 끝이 아닌 듯했다.

찰칵!! 차각!! 차각!!

은빛으로 바뀐 재중의 몸이 갑자기 부풀어 오르기 시작 하더니, 마치 갑옷을 입은 것처럼 모습이 변해 버린 것이 다.

"뭐야 저건… 도대체?"

재중에 대해서 많은 정보를 받았다고 자신했던 녀석도 재중의 변화에 넋을 놓고 쳐다보고 있을 뿐이었다.

그러다가 뒤늦게 깨달았다.

"아차!! 죽여! 죽이란 말야!"

상대가 뭔가를 하기 전에 처리해야 했는데, 너무나 갑작 스러운 재중의 변화에 순간 멈칫했던 것이다.

물론 뭐 어차피 재중의 몸에서 나노 오리하르콘이 전투 모드로 변하는 도중에는 공격은 어차피 소용없었다.

하지만 녀석은 그걸 몰랐기에 마치 절호의 기회를 놓친 듯 안타까움이 그대로 드러난 표정을 숨기지 못했다.

끼리릭…….

반면 재중은 오랜만에 나노 오리하르콘의 전투모드 2단계를 느끼면서 손가락을 움직여 보았다.

마치 흑기병의 건틀릿이 움직이는 듯한 소리와 느낌이 전해졌다.

"별수 없지, 한 번에 처리하려면."

하지만 재중으로서도 어쩔 수 없는 선택이었다.

무한 복구를 하는 데스 나이트 2기를 상대로 잘못하면 시간만 흐를 테니 말이다.

"흑기병!"

재중이 조용히 흑기병을 불렀다.

흑기병도 이미 준비를 하고 있었는지 곧바로 재중의 곁으로 날아오더니 그림자 속으로 사라져 버렸다.

그러자 원래 재중을 상대하던 데스 나이트와 흑기병이 사라져서 혼자 남게 된 데스 나이트 2기가 한꺼번에 재중에게 달려들었다.

마치 하늘을 두 쪽 낼 듯한 엄청난 속도로 뛰어오른 데스 나이트의 검이 재중의 바로 머리 위로 떨어지고 있었고, 다른 하나는 재중의 가슴을 향해 송곳처럼 찔러 들어왔다.

하지만 그러는 상황에도 이상하게 재중은 가만히 있기만 했다.

쾅!!

쾅!!

그리고 데스 나이트의 검이 재중의 머리 부분, 아니, 지금은 투구에 해당하는 부분에 내려꽂히면서 굉음이 울렸다.

그리고 그와 거의 동시에 재중의 가슴에도 데스 나이트의 검이 닿으면서 굉음이 터져 나왔다.

꽈광!!

꽝!!

그런데 황당한 일이 벌어졌다.

재중을 공격한 데스 나이트가 갑자기 무언가에 큰 충격을 받은 듯 달려든 속도보다 빠른 속도로 뒤로 날아가 버린 것이다.

그건 가슴에 달려든 데스 나이트도 마찬가지였다.

요란한 소리와 함께 재중을 향해 달려들던 속도보다 빠르게 뒤로 튕겨져 나가버렸다.

퍼석!!

퍼서석!!

그런데 그게 전부가 아니었다.

튕겨져 나간 데스 나이트의 검이 부서져 버린 것이다.

씨익~

그리고 데스 나이트의 검이 부서지자 재중의 입가에 미소가 그려졌다.

이어 그저 평범하게 길을 걷듯이 오른발을 들었다가 살짝 내디뎠다.

쿵!!

하지만 재중이 내디딘 한 걸음은 결코 가볍지가 않았다.

재중은 그저 한 걸음 내디뎠을 뿐이지만, 재중의 정면에 있던 데스 나이트 2기와 라스푸틴의 제자가 갑자기 땅바닥을 향해 그대로 엎어져 버렸으니 말이다.

"쿨럭!! 이건… 뭐야, 도대체… 쿨럭!"

마치 하늘에서 보이지 않는 커다란 힘이 내리누르는 것 같은 상황에 녀석도 발버둥을 치려고 했지만 소용이 없었다.

거기다 점점 더 내리누르는 힘이 강해지고 있는 듯했다.

콰지직… 콰직!

녀석이 타고 온 노란색 람보르기니가 이미 반 이상 찌그러졌다.

그리고 찌그러진 차를 확인한 녀석의 눈에 절망감이 깃들기 시작했다.

지금 자신을 내리누르는 힘이 무엇인지 깨달았으니 말이다.

"중력… 을 이렇게 강하게 조종하는 마법은 없을 텐데… 쿨럭… 쿨럭!!"

그랬다.

지금 재중이 내디딘 한 걸음으로 인해 재중이 서 있는 곳을 시작으로 부채꼴 모양으로 전방 20미터가 모두 재중의 뜻대로 중력이 움직이고 있는 것이다.

그것도 천천히 내리누르는 힘이 강해지면서 말이다.

씨익~

재중은 마치 말라붙은 개구리마냥 바닥에 찰싹 붙어서 꿈쩍도 못하는 데스 나이트 2기와 제자 녀석을 확인하고서는 천천히 걸어서 다가가기 시작했다.

Chapter 13
그냥 불어라

재중귀환록

저벅… 저벅…….

재중의 발걸음은 가볍기만 했다.

중력의 힘에 눌려 꿈쩍도 못하는 데스 나이트와는 완전 다른 세상에 있는 듯 말이다.

"우선 하나."

천천히 다가간 재중이 주먹을 쥐고 데스 나이트의 핵인 쟁룟이 있는 투구를 향해 거침없이 내리찍었다.

쾅지지직!! 퍼걱!!

단 한 방.

재중의 주먹이 투구를 찢어버리자, 그동안 무한 복구를 하면서 재중을 귀찮게 하던 데스 나이트가 순식간에 조각으로 부서져 버렸다.

"그리고 둘."

콰직!! 퍼걱!

역시나 두 번째 데스 나이트도 가볍게 투구를 부숴 버리자 첫 번째와 마찬가지로 고철덩어리로 변해 버렸다.

업그레이드라는 말과 함께 마크2라는 웃기지도 않은 이름을 떠벌린 것과 달리, 데스 나이트의 약점이자 핵이 투구에 있는 것은 스페인에서 본 것과 별로 다를 게 없었다.

재중은 별로 달라진 것도 없는 적의 모습에 피식 웃어 버렸다.

약점이 같은데 무슨 업그레이드란 말인가?

물론 무한 복구하는 것은 확실히 재중도 귀찮기는 했지만, 결국 귀찮은 정도일 뿐이었다.

쿵!

데스 나이트의 처리를 마친 재중이 다시 오른발을 지면에 내리찍었다. 그러자 거짓말처럼 내리누르던 중력의 힘이 사라져 버렸다.

"쿨럭! 푸악!!"

그리고 중력이 풀리자, 그동안 일어나려고 힘을 쓰던 녀석이 벌러덩 뒤로 자빠지면서 가슴에 뭉쳐 있던 피를 한 사발이나 토해냈다.

저벅… 저벅… 저벅저벅…….

"오… 오지 마!! 오지 마!!"

처음에 재중을 향해 자신만만하던 녀석의 표정은 완전히 사라져 버렸다.

그저 겁에 질린 눈동자, 그리고 재중을 향해 힘없는 손짓이 녀석이 할 수 있는 반항의 전부였던 것이다.

반면 재중은 그런 녀석에게 가까이 다가가더니 천천히 내려다보면서 물었다.

"라스푸틴은 어디에 있지?"

"몰라… 난 몰라……. 그저… 여기서 당신을 붙잡고 있으면 된다고 들었으니까!!"

덜덜덜덜! 덜덜!

녀석은 재중과 마주하고 있다는 사실 하나만으로도 온몸을 심하게 떨고 있었다.

그리고 지금 녀석의 머릿속에는 오직 한 가지 생각만 가득했다.

'괴물이다… 괴물이야……. 저건 절대로 이길 수 없는 괴물이야!!'

이미 재중에 대한 공포감이 정신을 지배한 상태였다.

그런데 그렇게 덜덜 떨던 녀석의 상태가 갑자기 변했다.

멈칫.

벌떡.

온몸으로 떨던 녀석의 몸에서 떨림이 사라지더니, 갑자기 재중과 마주 볼 수 있도록 자리에서 벌떡 일어선 것이다.

"장난치는군, 라스푸틴."

재중은 이미 스페인에서 당했던 경험이 있기에 곧바로 녀석의 머리를 움켜쥐고서 나노 오리하르콘을 쑤셔 넣었다.

"끄악! 끄악!"

마기와 절대적인 상극, 거기다 마법에서는 절대적인 무효화를 가진 오리하르콘이다.

오리하르콘이 재중의 손을 통해 녀석의 머릿속에 침투하자, 녀석이 비명을 질러대기 시작했다

"헉헉… 헉헉… 헉헉……."

그리고 불과 몇 초 만에 라스푸틴의 정신지배마법이 풀려 버렸다.

아주 무식하지만, 나노 오라히르콘을 가진 재중만 할 수 있는 확실하게 마법을 깨뜨리는 유일한 방법이었다.

"제정신이 드나?"

재중은 정신지배마법이 깨어진 것을 확인하고서 다시 녀석에게 물어보았다.

"끄으윽……."

들려온 것은 신음 소리뿐이었다.

하지만 조금 기다리자 녀석이 빠르게 정신을 차리기 시작했다.

"누… 구십니까?"

정신지배마법에서 깨어난 녀석은 조금 전까지 보이던 독기 흐르던 모습은 찾아볼 수 없었다.

순진한 눈빛을 가진 젊은 청년이 되어버린 녀석에게 재중이 조용히 다시 물었다.

"라스푸틴은 어디에 있지?"

"라스… 푸틴……? 라스푸틴… 헉!!"

재중이 물어보는 말을 몇 번 되뇌던 녀석이 갑자기 무언가에 놀란 듯 눈동자가 커지더니 마치 귀신을 본 듯 크게 놀랐다가 그대로 쓰러져 버렸다.

"…설마!"

재중은 재빨리 녀석의 목을 손으로 만져보고는 얼굴을 찡그렸다.

그리고 이미 죽어버린 녀석의 입을 잡고 잠시 살펴보던

재중은 안쪽 어금니 하나가 부서진 것을 확인하고는 한숨을 쉬어버렸다.

설마 마법이 풀리면 이빨이 깨지면서 그 속에 독이 퍼질 줄은 예상하지 못했던 것이다.

"철저하게 쓰고 버리는… 존재였군, 이 녀석은……."

반면 재중은 이미 죽어버린 녀석의 시체를 보고는 조금은 불쌍하다는 생각이 들었다.

철저하게 쓰고 버리는 존재, 그 이상도 그 이하도 아닌 것이다.

ㅡ괜찮으십니까, 재중 님?

모든 상황이 끝난 뒤에야 세프가 다가와 재중에게 걱정한다는 듯 말했다.

하지만 역시나 딱딱한 말투 때문에 전혀 그런 느낌이 들지 않는 재중이었다.

ㅡ이미 죽었군요.

"그러게. 에휴… 뭐 이렇게 철저한 녀석은 정말 대륙에서도 본 적이 없는데… 난감하네, 정말……."

재중은 라스푸틴처럼 철저하게 자신을 감추는 녀석은 정말 살다 살다 처음 봤다.

거기다 2중으로 쓰다 버리는 존재는 어떻게든지 죽여버리는 치밀함까지 보니 황당하면서도 한편으로는 적이지만 대단하다는 생각도 들었다.

뒤적뒤적.

그런데 셰프가 이미 죽어버린 녀석의 시체를 뒤지는 모습에 재중이 고개를 갸웃거리면서 쳐다보았다.

―인간의 뇌는 죽어도 3분 동안은 살아 있습니다.

"3분?"

셰프는 말을 하면서도 빠르게 품에서 한의원에서도 보기 힘들 커다란 대침을 꺼내더니 죽은 녀석의 머리에 사정없이 꽂아 넣기 시작했다.

푹푹푹푹!!

마치 옛날에 공포영화에서 머리에 침을 가득 꽂고 나오는 괴물처럼 말이다.

지직! 지직! 지직!!

그러고는 태블릿 PC를 꺼내더니 연결해서 뭔가 조작하자,

파닥! 파닥~ 파닥!

전기 충격 때문인지 죽은 녀석의 몸이 떨리기 시작했다.

뭐 그것도 불과 1분 남짓이었지만 말이다.

그리고 완전히 녀석의 움직임이 끝나자 셰프는 빠르면서도 능숙하게 녀석의 머리에서 커다란 침을 뽑아내더니

아공간에 넣어버렸다.

"......?"

재중으로서는 지금 세프가 한 것이 무엇인지 알 리가
없었다.

들어본 적도 없는 이상한 행동이었으니 말이다.

—잠시만 기다려 주십시오, 지금 시체의 뇌에서 뽑아낸
정보로 위성을 연결해서 위치를 추적하는 중입니다.

"…그게 가능한가?"

재중은 황당하지만 드래곤의 가디언이기에 어쩌면 가
능할지도 모른다는 생각이 들어서 물어보았다.

—사실 확률은 30%도 안 되는 겁니다. 그나마 지금 방
금 죽은 시체이기에 생각보다 선명한 정보를 얻을 수가 있
었습니다, 재중 님.

"…황당하군… 시체의 뇌에서 정보를 뽑아내다
니……."

재중은 도대체 크레이언 올드 세이라가 지구에서 5,000년
동안 있으면서 무슨 짓을 해왔는지 쉽게 상상이 가지 않았
다.

가디언이 저 정도라면, 마스터인 그녀는 절대로 세프보
다 못하지 않을 테니 말이다.

—나왔군요.

"……!!"

재중이 세프의 말에 고개를 돌렸다.

그녀의 태블릿 위에 그려진 홀로그램이 가리키는 위치가 재중의 눈에도 보였다.

"…한국?"

재중은 너무나 익숙한 지도 모양에 나직하게 중얼거렸다.

─네, 한국입니다. 다만 마지막 기억으로 나타난 위치가 정확하진 않습니다. 하지만 위성을 통해 계산하면 최대한 오차를 줄일 수는 있습니다, 재중 님.

"젠장! 녀석이 결국 먼저 움직였군."

라스푸틴이 직접 한국으로 움직일지도 모른다는 생각을 하긴 했지만, 이렇게 빨리 움직일 것이라고는 예상하지 못했던 재중이었다.

"테라!"

─네, 마스터?

"라스푸틴이 지금 한국에 있다!"

─네……? 알겠습니다.

재중은 곧바로 연아의 그림자에 숨어 있는 테라에게 이 사실을 알렸다.

그런데 그게 끝이 아니었다.

―재중 님.

"왜?"

―다른 목표물의 신호가 갑자기 사라졌습니다.

"젠장… 미끼였군… 결국 지금 죽은 녀석 혼자 두바이
에 왔다는 말인데."

재중은 다른 것에는 그다지 민감하게 감정적이 되지 않
았다.

하지만 연아에 관해서는 자연스럽게 감정적으로 변하
는 모습을 어쩔 수가 없는 듯했다.

상황이 급하게 돌아가자 재중은 곧바로 부가티 베이론
을 자신의 아공간에 넣어버리고는 세프에게 외쳤다.

"녀석의 뇌가 기억하는 마지막 장소로 공간이동 가능
해?"

―네, 이미 좌표는 구해놓은 상태입니다, 재중 님.

"가자, 여기서 시간을 허비할 이유가 없으니."

재중은 곧바로 세프의 손을 잡았다.

스르륵!!

그러고는 허공에 녹아버리듯 그대로 사라져 버렸다.

*   *   *

"이곳이 맞아?"

세프가 위성을 통해 추적한 위치에 모습을 드러낸 다음 순간, 주변을 둘러본 재중이 고개를 갸웃거렸다.

보이는 것은 나무, 돌, 그리고 풀밖에 없으니 말이다.

―네, 주어진 정보를 기본으로 최대한 오차율을 줄인 곳이 여깁니다.

재중의 질문에 바로 대답한 세프의 모습에 재중은 얼굴을 찡그렸다.

완전 산골짜기에 들어온 것이나 마찬가지였으니 말이다.

"대충 지역 위치는?"

―강원도 정선에서 위쪽입니다.

"깊이도 들어왔네……."

강원도 산속 깊은 곳이지만, 죽은 녀석의 뇌가 기억하는 가장 마지막 이미지였기에 재중은 어쩔 수 없이 이곳을 뒤지기로 했다.

탓!

재중이 먼저 가볍게 발에 힘을 주면서 튀어 오르자 세프도 곧바로 재중을 따라 움직였다.

한데 의외로 두바이에서와 달리 재중을 곧잘 따라오기 시작한 것이다.

물론 재중이 전속력으로 움직이지 않는 것도 있지만, 확실히 사막에서와 지금 숲에서의 세프의 움직임은 확연히 달랐다.

"엘프라서 그런 건가."

재중이 나직하게 중얼거리자 세프의 목소리가 들려왔다.

―저는 숲의 종족입니다. 다른 곳보다 숲에서는 본래의 능력을 최대한 끌어낼 수 있습니다, 재중 님.

"역시… 엘프는 엘프군……."

차원 너머 다른 곳이지만, 엘프는 엘프였다.

사막과는 확연이 다른 움직임을 보여주고 있으니 말이다.

거기다 세프의 눈빛도 변해 있었다.

―재중 님!

"응?"

재중이 미쳐 발견하지 못한 것도 예민하게 발견했으니 말이다.

―마법의 흔적입니다.

재중은 세프가 말한 곳을 향해 내려서자 정말 마법의 흔적이 느껴졌다.

마법을 사용하지는 못하지만, 몸속에 있는 나노 오리하르콘이 마법에 민감하게 반응하기 때문에 느낄 수 있는 재중이었다.

"역시나 흑마법이야……."

재중이 마법의 흔적에 남아 있는 마족에게서나 느껴지는 어두운 기운과 끈적한 느낌에 얼굴을 찌푸리면서 말했다.

─그리 오래되진 않았지만, 상당히 교묘하게 감춰져 있습니다.

"그래, 내가 느끼지 못할 정도년… 상당한 실력의 흑마법사겠군."

재중의 나노 오리하르콘은 500미터 안쪽에서는 거의 고성능 레이더처럼 마법을 감지하는 특징이 있었다.

본래 마법에 반응이 빠르고 강한 오리하르콘을 나노로 분쇄하면서 그 성질이 오히려 증폭되었기에 가능한 감지 거리였던 것이다.

그리고 실제로 대륙에서 재중은 나노 오리하르콘의 감지가 얼마나 민감한지 경험했기에 어느 정도는 철썩같이 믿고 있었다.

하지만 지금 숲에서는 오히려 세프에게 밀렸다는 것을 인정할 수밖에 없었다.

'숲에서만큼은 엘프가 최강이라는 말이 틀린 게 아닌가 보네.'

대륙에서 베르벤이 했던 말이 있었다.

만약 대륙에서 인간이 엘프를 숲에서 쫓아내지 않았다면, 어쩌면 드래고니안은 엘프들에게 저지당했을지도 몰랐다고 말이다.

당시에는 재중도 딱히 그걸 느껴볼 상황도 아니었고, 엘프도 대부분 멸종 위기까지 몰려 있는 상황이라 확인할 길이 없었다.

하지만 지금 세프를 보면 분명 엘프는 숲의 종족이 확실했다.

하지만 아무리 그런 엘프인 세프라도 결국 그것이 처음이자 마지막 흔적이 되어버렸다.

"감쪽같이 사라졌어……."

정말 재중도 혀를 내두를 만큼 감쪽같이 사라진 것이다.

분명히 흑마법의 흔적이 남아 있었다.

그렇기에 세프가 시체의 뇌에서 알아낸 정보는 확실하다고 말할 수 있었다.

하지만 정작 도착한 곳에서는 한 곳의 흔적 외에는 나오는 게 없었다.

결국 재중은 잠시 앉아서 쉬기로 했다.

마구잡이로 이렇게 뒤진다고 해도 결국 시간낭비만 할

확률이 높다 보니 다시 천천히 계획을 세우기로 한 것이
다.

"흑기병."

ㅡ네, 마스터.

"넌 천서영의 곁에 가 있어라."

ㅡ네 마스터.

재중은 자신의 그림자에 있는 흑기병을 연아가 아닌 천
서영에게 보냈다.

라스푸틴이 한국에 있다면 가장 노릴 가능성이 높은 위
험인물은 연아이지만, 천서영도 충분히 라스푸틴이 노릴
수 있는 위치에 있는 편이었다.

물론 천서영과 연아를 동시에 놓고 본다면 재중은 1초
의 고민도 없이 연아를 선택하겠지만 말이다.

ㅡ재중 님, 이대로는 우선 시간낭비이니 돌아가는 것을
추천합니다.

숲에서는 무적이라는 엘프가 찾지 못한다면, 아무리 나
노 오리하르콘을 가진 재중도 방법이 없다는 것을 인정할
수밖에 없었다.

하지만 그냥 돌아가기에는 역시나 뭔가 아쉬운 것도 당
연했다.

"이곳 좌표는?"

─이미 위성에 저장해 뒀습니다, 재중 님.

"…별수 없는 건가……."

그나마 겨우 꼬리를 잡았다고 생각했던 재중은 어쩔 수 없이 허탕을 쳤다는 생각에 결국 집으로 발길을 돌리다가 멈칫했다.

"아… 난 지금 두바이에 있는 상태였지……."

그랬다.

재중은 정식으로 인천 공항을 통해 두바이로 간 상태였다.

그런데 그런 재중이 갑자기 한국에 나타난다면?

지금은 국정원에서도 재중의 움직임을 감시하고 있는 상황이었다.

상당히 귀찮은 상황이 벌어질 수도 있었다.

"별수 없군……."

재중은 내키지 않지만 결국 다시 두바이로 가서 정식으로 공항을 통해 한국으로 귀국할 수밖에 없었다.

─모시겠습니다.

세프는 역시나 여전히 딱딱한 말투로 재중의 손을 잡고는 사라져 버렸다.

그리고 두바이에 도착한 재중은 곧바로 한국으로 향하려고 했다.

그런데 때마침 갑작스런 모래 폭풍이 두바이를 향해 오고 있다는 소식과 함께 모든 공항이 결항되어 버린 것이다.

"가는 날이 장날이구만… 정말…….."

정말 일이 꼬이려고 하면 이렇게 꼬이는 건가 싶었다.

어쨌든 모래 폭풍에서 비행기를 띄우는 것은 불가능하니 재중도 어쩔 수 없이 공항에서 기다릴 수밖에 없는 상황이 되어버렸다.

사실 두바이 공항도 뭐 나쁜 곳은 아니었다.

인천국제공항처럼 큰 규모는 아니지만, 그래도 확실히 돈 많은 곳답게 공항에 면세점에서 금을 파는 것도 쉽게 볼 수 있으니 말이다.

물론 가격은 꽤 비싼 편이었다.

예전에는 두바이 쪽 금 시세가 한국보다 많이 낮은 편이라고 했지만, 그것도 옛날 이야기였다.

금값이 폭등하면서 순식간에 두바이 쪽 금값도 올라 버렸고, 그러고는 세계 공통인지 오른 값은 쉽게 내리지 않았다.

그러다 보니 결국 세계에서 금값이 싸기로 유명했던 두바이도 비슷한 처지가 되어버렸다.

"굉장한 미인인데?"

"옆에 남자는 동양인……? 중국? 일본?"

공항에 발이 묶인 사람은 재중뿐만이 아니었다.

그러다 보니 많은 사람이 공항 안에서 어슬렁거릴 수밖에 없었다.

보통 모래폭풍이 한번 시작되면 짧게는 몇십 분에서 길게는 몇 시간까지도 이어졌다.

그러니 오로지 이곳에서 모래 폭풍이 끝나기를 기다릴 수밖에 없는 상황이었다.

거기다 하필이면 지금 두바이에 몰아치는 모래폭풍은 몇십 년 만에 처음으로 날아온 대형 모래 폭풍이기까지 했다.

Chapter 14
단칼녀

재중귀환록

"이봐요, 아가씨. 우리와 커피 한잔할래요?"

재중과 일행인 듯하지만, 전혀 친해 보이지 않는 재중의
태도에 주변에 남자들이 세프의 미모에 혹해서 다가와서
말을 건넨 것이다.

그런데 세프는 그런 남자를 한번 쳐다보고는 나직하게
말했다.

"꺼져."

"……"

설마 굉장한 미모를 가진 세프의 입에서 나온 말이라고

는 쉽게 믿어지지 않은 한마디에 남자가 오히려 놀란 듯
눈만 깜빡거렸다.

"다시 말해줘? 꺼져."

재차 남자를 향해 냉정하게 아무런 감정이 없는 눈빛으
로 세프가 말하자,

"…죄송합니다……."

남자가 너무 놀라서 후다닥 도망가 버렸다.

"크크크크크큭……."

반면 재중은 세프의 대응에 작게 웃어버렸다.

―제가 실수한 겁니까, 재중 님?

세프는 혹시나 재중이 지금 웃는 것이 자신이 실수해서
웃는 것인지 물어보았다.

"아니, 너무 잘해서 웃는 거니까 신경 쓰지 마라……."

재중은 그냥 대충 넘겼지만, 사실 재중이 웃은 것은 세
프의 말 때문이 아니었다.

바로 아무런 감정이 없는 그녀의 눈동자가 가장 정확한
이유일 것이다.

사실 세프에게 말을 건 남자도 세프의 뜻밖의 말보다 그
녀의 감정 없는 눈동자에 질려서 도망가 버렸으니 말이다.

하지만 어찌 된 일인지 그렇게 한 명이 도망가자 기다
렸다는 듯 다른 녀석이 또 다가왔다.

물론 세프의 반응은 똑같았다.

"꺼져."

전혀 감정이 묻어 있지 않는 눈동자로 똑바로 쳐다보면서 강하게 한마디 하자, 상대 남자는 또 질려서 도망가 버렸다.

그런데 이게 상황이 조금 이상하게 흘러가기 시작했다.

"이번에는 내가 도전해 보지!"

마치 지금 세프에게 헌팅을 해서 성공하는 것이 다른 남자들보다 자신이 우위에 있다는 것을 자랑하는 상황이 되어버렸다.

물론 벌써 20명이 넘게 세프에게 도전했다가 칼같이 퇴짜를 맞아버렸기에 가능한 상황이긴 했지만 말이다.

그런데 그 숫자가 쉽게 줄어들지 않는 것도 참 신기했다.

하지만 상황이 참 요상하게 돌아가는 경우에는 보통 꼬이게 마련이다.

"두바이… 왕자?"

"교통부 장관을 하고 있다는 그 왕자 말야?"

"두바이 왕자도 모래 폭풍 때문에 공항에 갇혀 있었던 모양이네?"

사람들은 반대쪽에서 이제 20대 초반으로 보이는 왕자가 6명의 경호원과 함께 직원으로 보이는 4명의 50대 남자를 거느리고 가장 선두에서 다가오는 모습에 조금 놀라는 표정들을 지었다.

하지만 그것도 그냥 알아보는 사람만 알아보고 모르는 사람은 소 닭 보듯 쳐다보기만 했다.

"음?"

그리고 역시나, 두바이 왕자는 지나가다가 홀 중앙에 앉아 있는 세프를 보고는 자연스럽게 걸음을 멈춰 버렸다.

"왕자님?"

옆에 보좌하던 직원이 갑자기 멈춘 왕자를 향해 물어보았다.

"저기 저 여인이 누군가?"

왕자가 세프를 정확하게 가리키자 직원이 대답했다.

"처음 보는 여인입니다, 왕자님. 아마 여행을 왔다가 지금 모래폭풍에 발이 묶인 관광객 같습니다……."

직원의 말에 왕자가 눈빛을 반짝였다.

사실 왕자는 지금까지 수많은 미녀를 만났고 즐겼었다.

하지만 지금 눈앞에 있는 세프만 한 미녀를 본 적이 없다고 확신할 수 있었다.

뭔가 신비로운 듯하면서도 묘하게 사람을 끌어당기는

매력이 느껴진 것이다.

"굉장한 미인이군그래."

직원은 왕자가 아예 발이 붙은 것처럼 꼼짝도 하지 않고 세프에게서 시선을 떼지 못하자 내심 고개를 저었다.

'이런… 또 시작이군……'

길을 가다가도 미녀가 눈에 띄면 상대가 누구든지 가리지 않고 만나는 여성 편력을 가진 왕자의 성격이 또 시작된 것이다.

그나마 유부녀는 건드리지 않지만 그 외는 거칠 것이 없는 왕자였다.

이슬람에서는 남자가 여자에 무조건 위에 있다 보니 이런 경우가 제법 있는데, 두바이 왕가의 왕자이기까지 했으니 그런 그의 여성편력은 오죽하겠는가?

세계에서 여성인권이 가장 밑바닥까지 떨어지는 곳이 바로 이슬람 국가였으니 말이다.

"한번 만나자고 해보게."

그래도 자신은 왕자였기에 직접 나서지는 못하고 옆에 직원에게 슬쩍 지시를 내렸다.

"알겟습니다, 왕자님."

직원은 쉰이 넘은 나이에도 방법이 없었다.

계급이 깡패고, 상대가 왕자라면 이건 답이 없으니 말

이다.

별수 없이 움직여서 세프의 앞에 다가선 직원이 조용히 입을 열었다.

"저기 저의 왕……."

"꺼져!"

뭐라고 말을 꺼내기도 전에 시리도록 차가운 세프의 눈동자를 마주한 직원은 자신도 모르게 몇 발 뒤로 물러나 버렸다.

'무슨… 여자가 눈빛이 저렇게 무서워… 헐……'

직원은 세프와 눈동자가 마주하는 순간 온몸이 굳어지는 느낌까지 받았다.

하지만 이대로 물러날 수도 없었다.

뒤를 슬쩍 쳐다보니 왕자의 날카로운 눈빛이 뒤통수에 박히고 있는 상황이었으니 말이다.

'젠장… 먹고살기 힘들구만……'

속으로야 왕자를 욕하지만 어쩔 수가 없었다.

지금 여기서 물러나면 자신은 분명 내일 바로 다른 곳으로 발령날 것이 뻔했다.

스스로 알아서 관두라는 뜻을 가진 부서로 말이다.

정년퇴직을 얼마 남겨두지 않고 마지막에 그런 꼴을 당할 수는 없기에 직원은 두 눈 꼭 감고 다시 세프에게 다가

섰다.

"저기 아가씨, 저희 왕자님께서 아가씨에게 마음이 있습니다. 한번 이야기라도 해보시는 것이 어떠신가요?"

이번에는 셰프가 단칼에 거절하지 않는 것에 안도의 한숨을 내쉬면서 직원은 빠르게 자신의 말을 전해 버렸다.

—왕자?

그런데 의외로 지금까지 단칼에 거절하던 셰프가 조용히 듣더니 반응을 보이는 모습이었다.

"헉… 단칼녀가 반응한다……."

"역시 왕자 정도 되어야 반응하는 건가……."

"젠장, 더러운 세상… 왕자 아닌 사람은 서러워서 살겠나……."

지금까지 수십 명의 사람을 단칼에 거절하다 보니, 자연스럽게 셰프의 별명이 단칼녀가 되어버렸다.

물론 정작 본인은 아무런 관심도 없지만 말이다.

그런데 의외로 왕자에게는 반응을 보이자 거절당한 남자들은 울분을 삼켰다.

그리고 아직 도전하지 않은 남자들은 억울하지만 상대가 왕자라는 것 때문에 어쩔 수 없이 고개를 숙여야만 했다.

벌떡.

그리고 세프가 자리에서 일어나더니 똑바로 왕자를 쳐
다보기까지 하자 다들 탄식을 뱉었다.

"역시… 미녀는 돈이군."

두바이 왕자였다.

가진 재산이 얼마나 되는지 일반적인 사람들은 계산하
기도 힘든 사람이 바로 지금 세프가 반응한 왕자였던 것이
다.

그런데 그런 단칼녀가 왕자라는 말에 반응을 보인 것도
모자라 일어서서 걷기 시작했다.

똑바로 왕자를 향해서 말이다.

또각… 또각… 또각… 또각…….

대리석으로 만들어진 공항의 바닥이 세프의 힐에 부딪
치면서 소리가 울렸다.

주변의 남자들이 지금 상황에 모두 입을 다물어 버리자,
아이러니하게도 밖은 모래 폭풍으로 난리가 났지만 두바
이 공항 한쪽에서는 적막이 흘렀다.

멈칫.

세프가 왕자를 똑바로 쳐다보면서 걸음을 멈췄다.

"처음 뵙겠습니다. 혹시 이름을 알 수 있을까요?"

왕자는 역시나 자신의 왕자라는 지위에 넘어오지 않는
여자가 없다는 만족감에 자신만만한 미소를 지으면서 세

프에게 말을 했다.

"다섯째 왕자였군."

하지만 세프는 여전히 감정이 전혀 없는 눈동자로 왕자를 보면서 나직하게 한마디를 하는 것이 아닌가?

"감히!!"

그런데 세프가 상대가 왕자라는 것을 알면서도 마치 깔보는 듯한 말투를 하자 바로 반응한 것은 왕자의 옆에 있던 경호원들이었다.

특히나 이들 경호원은 이스라엘 최고의 요원들이라는 모사드 출신의 요원이었기에 세프를 노려보는 눈빛에 살기가 번뜩이기까지 했다.

그런데 어찌 된 일인지 세프는 전혀 반응을 하지 않고 오직 다섯째 왕자를 조용히 쳐다보더니 천천히 몸을 돌리면서 나직하게 한마디만 했다.

"세프가 국왕에게 아들 교육 잘 시키라고 했다고 전해라."

황당하게도 두바이 왕자 앞에서 국왕을 마치 아랫사람 대하듯 한마디 하고는 몸을 돌리는 세프의 행동에 왕자의 얼굴이 벌겋게 달아올라 버렸다.

"건방진 년!"

결국 왕자가 자신뿐만 아니라 자신의 아버지이자 이곳

두바이의 국왕까지 무시하는 세프의 행동에 폭발했다.

"저년을 당장 구속해!"

왕자가 왕족 모욕죄를 물을 생각으로 경호원에게 소리 쳤다.

타타타탁!!

그러자 곧바로 왕자의 옆에 있던 경호원 2명이 그대로 세프를 향해 달려들었다.

멈칫!

그런데 어떻게 된 일인지 모르지만, 세프의 어깨를 잡기 위해서 손을 뻗은 경호원 두 명이 갑자기 동작을 멈춰 버 렸다.

그리고 경호원들이 멈추는 순간, 그동안 앉아 있던 재중 이 천천히 자리에서 일어나 세프에게 다가오기 시작했다.

"사람 상대로 적당히 분위기를 파악하는 법을 배워야겠 군."

지금 상황은 세프의 엘프 특유의 말투와 분위기 때문에 벌어진 일이기에 딱히 나무라기도 애매했다.

하지만 자신을 따라다니려면 어느 정도라도 약간의 융 통성은 발휘해야 할 것 같아서 재중은 일부러 경고하듯 한 마디 했다.

—죄송합니다, 재중 님.

다른 사람에게는 거의 한겨울에 찬바람처럼 매서운 세프가 재중에게 깍듯한 모습에 이곳에 있는 모두가 놀라 버렸다.

왕자마저도 가볍게 무시한 것이 바로 조금 전이었으니 놀람은 오히려 배가되었다.

"이익! 저 둘을 체포해!!"

결국 자신의 왕가가 완전히 무시당했다는 생각에 왕자가 큰소리를 쳤다.

그러자 주변에 있던 공항 경찰부터 시작해서 근무하는 직원들까지 모두 몰려드는 상황이 벌어져 버렸다.

몰려든 이들은 세프와 재중을 마치 성벽을 쌓듯 둘러싸더니 아예 도망이라는 것이 불가능하게 만들어 버렸다.

"건방진 것들! 감히 나의 왕가를 무시해!!"

그런데 그런 상황에서도 재중은 너무나 평온한 모습이었다.

세프도 감정이 거의 들어 있지 않는 표정은 마찬가지였고 말이다.

저벅… 저벅.

그리고 조용히, 하지만 거침없이 재중이 걸음을 옮기기 시작했다.

"뭐… 뭐야."

"왜 그래?"

그런데 황당하게도 재중이 걸음을 옮길 때마다 성벽처럼 둘러싸고 있던 사람들이 조금씩 물러나고 있었다.

마치 재중에게서 멀어지려는 듯 말이다.

저벅… 저벅……

재중의 걸음은 결코 빠르지도, 그렇다고 느리지도 않았다.

하지만 어찌 된 일인지 재중의 걸음을 마주한 사람들은 신음에 가까운 탄식과 함께 자신도 모르게 뒤로 물러나 버린 것이다.

물러난 사람도 본인이 나중에서야 자신이 재중을 피해 물러났다는 것을 느낄 만큼 무의식에 가까운 행동이었다.

"헉… 빠져나왔다……"

"말도 안 돼… 그렇게 많은 사람이 둘러싸고 있었는데……?"

"믿을 수가 없군……"

"무슨 마술을 부린 거지?"

공항에서 뜻밖의 상황이 벌어진 상황이다.

어차피 공항에 있는 사람들은 모래폭풍에 갇혀 있는 상황이었기 때문에 어디 갈 데도 없었다.

그래서 그들은 당연하다는 듯 왕자와 재중과 셰프의 상

황을 유심히 지켜보고 있는 중이었다.

사실 왕자가 격분해서 소리쳐서 공항에 있는 직원들이 몰려와 재중과 세프를 성벽처럼 둘러서 감싸 버릴 때만 해도, 상황이 바로 끝나 버릴 것이라고 대부분의 사람이 생각했었다.

상대는 두바이 왕자였고, 반대쪽에 있는 단칼녀로 불리는 세프와 재중은 누가 봐도 관광객이었으니 말이다.

그런데 믿지 못할 상황이 벌어진 것이다.

걷기만 했다.

별다른 행동을 한 것도 아니고, 오로지 걷기만 했던 재중이 움직이자, 마치 모세의 기적처럼 제압하려고 몰려든 직원들이 너무나 허무하게 물러나 버린 것이다.

그리고 그렇게 물러나다 보니 결국 아직도 화가 풀리지 않은 다섯 번째 왕자가 있는 곳까지 재중이 와버렸다.

"네놈!! 도대체 누구냐!!"

사실 왕자도 황당했다.

자신의 경호원이 누구던가?

바로 모사드 요원 출신이었다.

세계적으로 알아주는 특수요원 출신이 손가락 하나 움직이지 못하고 재중에게 자리를 비켜주는 모습을 보고 있자면, 이걸 믿어야 할지 말아야 할지 판단이 서지 않는 것이다.

하지만 그래도 자신은 왕자라는 믿음이 있는지 재중을
향해 큰소리를 쳤다.

"두바이 국왕은 자식 교육이 엉망이었군그래."

재중도 왕자를 면전에 두고 나직하지만 이곳에 있는 모
두가 들을 수 있는 목소리로 말했다.

"건방진!!"

결국 왕자는 두 번이나 면전에서 모욕을 당했다는 생각
에 허리에 있던 단검을 뽑아 들면서 재중을 향해 휘둘렀
다.

아니, 휘두르려고 했었다.

멈칫!

하지만 단검을 높이 든 왕자의 모습은 그대로 멈춰 버
렸다.

마치 누군가가 조종하듯 몸의 모든 것이 정지해 버린
것이다.

"가서 너의 국왕에게 전하거라, 나 선우재중은 오늘의
모욕을 잊지 않을 것이라고."

흠칫!

재중의 감정이 전혀 느껴지지 않는 눈동자와 마주한 왕
자는 한순간 손에 힘이 풀렸다.

쟁그랑!

화려한 단검이 그대로 바닥으로 떨어지면서 날카로운 소리를 냈지만, 지금 왕자는 그런 것을 느낄 정신도 없었다.

"선… 우 재중……?"

순간 재중의 이름을 듣고 너무 놀라 버린 것이다.

200억 달러를 그냥 주는 남자, 거기다 100억 달러를 다시 한국에 그냥 준 남자, 하지만 200억 달러를 주고 불과 며칠 만에 다시 복구 시킨 월가의 괴물, 빅핸드가 단번에 떠올랐다.

그리고 자신의 아버지이자, 두바이의 국왕이 재중과 적당히 선을 닿으려고 한다는 것도 뒤늦게 떠오른 왕자였다.

그런데 이건 시작에 불과하다는 것을 다섯 번째 왕자는 알지 못하고 있었다.

또각… 또각또각…….

재중이 물러나자 이번에 세프가 다시 왕자에게 다가왔다.

─자식 교육을 보니, 아무래도 정리가 필요할지도 모르겠군요."

뭔가 의미를 알 수 없는 말을 한 세프는 조용히 자신의 스마트폰을 꺼내더니 어딘가로 전화를 걸었다.

—너무나 유감스럽군요. 지금 두바이 공항인데 다섯 번째 아드님께서 저를 향해 추파를 던지는 것도 모자라 제가 모시는 분을 향해 검까지 빼 들었으니 말입니다.

—헉!! 그게 무슨 말입니까?

세프가 전화를 건 상대는 바로 두바이 국왕이었다.

그것도 국왕과 직통으로 연결되는 비밀스런 번호로 말이다.

"아버님……?"

다섯 번째 왕자도 세프의 전화기에서 들리는 익숙한 목소리에 자신도 모르게 중얼거렸다.

설마 자신이 찝적거린 여자가 정말 자신의 아버지인 두바이 국왕과 아는 사이일 것이라고는 꿈에도 생각해 보지 못했다는 표정으로 말이다.

—자세한 것은 직접 확인하세요. 그리고 아무래도 자식 교육을 신경 쓰셔야겠습니다. 아니면 제가 직접 움직이겠습니다.

—허억!! 아닙니다. 제가 확실하게 알아보고 다시 연락 드리겠습니다…….

딸각!

그리고 세프는 전화를 끊어버렸다.

하지만 재중의 말보다 지금 세프의 말이 더욱 왕자에게
는 충격으로 다가온 듯했다.

세프의 전화가 끊긴 지 불과 몇 초가 지났을까? 왕자의
전화가 울기 시작했다.

"네, 아버님."

─네 이놈! 도대체 무슨 짓을 하고 다닌 것이야!!

황당하게도 왕자가 받은 전화는 두바이 국왕의 전화였
던 것이다.

방금 세프의 전화를 옆에서 들은 왕자는 국왕이 왜 지
금 이렇게 화내는 것인지 곧바로 이해가 되었다.

"아버님 혹시 세프라는 여자를 아십니까?"

─네 이놈! 설마 정말로 그분께 실례를 했단 말이냐!!

"……!!"

역시나 왕자의 예상대로였다.

─당장 왕궁으로 들어와! 당장!!

지금 밖에서는 모래폭풍이 아직도 몰아치고 있지만, 왕
자는 방법이 없었다.

다른 때는 몰라도 이렇게 화가 머리끝까지 오른 국왕의
명령을 따르지 않았다가는 순식간에 모든 지위를 잃어버
리고 어느 다른 나라로 쫓겨나 버릴지도 몰랐으니 말이
다.

반면 이 모든 것을 지켜본 사람들은 황당한 표정을 지어버렸다.

황당하게도 왕자가 뒤도 돌아보지 않는 세프에게 몇 번이나 사과를 한 다음 재중에게도 사과를 하고는 황급히 공항 밖으로 빠져나가 버렸으니 말이다.

"상당한 힘이 있나 보군."

재중은 두바이 국왕을 몇 마디 말로 이렇게 무섭게 협박하는 세프의 모습에 고개를 흔들면서 물어보았다.

—어느 정도는······. 필요하다고 생각하는 힘은 있습니다, 재중 님.

세프는 여전히 표정의 변화가 없는 딱딱한 목소리로 재중의 질문에 대답했다.

"어느 정도지?"

하지만 재중은 자신이 만났던 두바이 국왕이 저 정도로 반응할 줄은 몰랐기에 재차 물었다.

—마스터의 명령이 있다면 이 지구에 있는 모든 국가의 지도자를 바꿀 수 있는 정도의 힘입니다, 재중 님.

"···훗··· 장난 아니군··· 그래."

재중에게는 별것 아닌 것처럼 말하는 세프였지만, 그 내용은 황당하기만 했다.

물론 크레이언 올드 세이라의 명령이 있어야 한다는 조건이 있지만, 그녀의 명령만 있다면 지구에 있는 모든 국가의 지도자를 바꿀 수 있다는 말은 결코 거짓이 아니었으니 말이다.

　엘프는 거짓말을 할 수가 없었다.

　말을 하지 않을 수는 있지만, 드래곤과 마찬가지로 거짓을 말할 수 없는 특징을 가진 종족이었다.

　그런데 그런 세프가 지구의 지도자를 마음먹기에 따라 바꿀 수 있다는 말은 재중에게 많은 생각을 하게 할 수밖에 없었다.

　'5,000년 가까이 지구에 있으면서 힘을 쌓아 올린 그녀의 힘이 이 정도라니… 장난 아니군…….'

　사실 재중도 뭐 시간만 있다면 불가능한 능력은 아니긴 했다.

　하지만 지금 당장 그걸 할 수 있느냐와 없느냐는 분명하게 차이가 있는 법이다.

　지금 당장 필요한 힘을 가지고 있는 사람이 곁에 있다는 것은 재중에게는 확실히 큰 도움이 될 수밖에 없으니 말이다.

　그리고 공항의 분위기가 어느 정도 정상으로 돌아올 무렵, 두바이를 덮쳤던 모래 폭풍도 사라져 버렸다.

"이제 돌아가야지."

재중이 천천히 일어서자.

세프도 조용히 재중을 따라 일어섰다.

그리고 그렇게 재중과 세프의 몸을 실은 비행기는 한국을 향해 날아올랐다.

하지만 비행기 안에서 재중은 표정은 무겁기만 했다.

'라스푸틴… 도대체 한국에서 뭘 하는 걸까? 그보다 어디에 있는 거지?'

숨바꼭질을 하듯 꽁꽁 숨어버린 라스푸틴의 존재가 여전히 재중의 신경을 건드리고 있었으니 말이다.

『재중 귀환록』 16권에 계속…

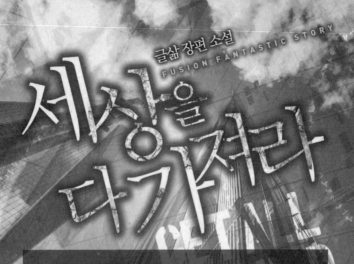

글삶 장편 소설
FUSION FANTASTIC STORY

세상을 다 가져라

[세상을 다 가져라]

문피아 선호작 베스트 작품 전격 출간!
현대판타지, 그 상상력의 한계를 넘어서다!

권고사직을 당한 지 2년째의 백수 권혁준.

우연히 타게 된 괴상한 발명품으로 인해
과거로 회귀한다!

그런데
과거로 온 혁준의 손에 들려 있는 것은 바로
최신형 스마트폰!

"까짓 세상, 죄다 가져 버리겠다 이거야!"

백수였던 혁준의 짜릿한 인생 역전이 시작된다!

Book Publishing CHUNGEORAM

유행이 아닌 자유추구 -
WWW.chungeoram.com

가프 장편 소설

관상왕의
1번룸

FUSION FANTASTIC STORY

거대한 도시의 그늘에서 벌어지는
짜릿하고 통쾌한 이야기!

『관상왕의 1번룸』

텐프로의 진상 처리 담당, 홍 부장.
절망적인 삶의 끝에서 만난 남국의 바다는
그를 새로운 인생으로 인도하는데……

쾌락을 원하는 거부, 성공에 목마른 사업가,
그리고 실패로 절망한 사람들이여.

여기, 관상왕의 1번룸으로 오라!

Book Publishing CHUNGEORAM

유행이 아닌 자유추구 -
WWW.chungeoram.com

월야환담

채월야 · 홍정훈 장편 소설

"미친 달의 세계에 온 것을 환영한다!"

서울을 중심으로 펼쳐지는 뱀파이어, 그리고 뱀파이어 사냥꾼들의 이야기!
한국형 판타지의 신화, 월야환담 시리즈 애장판
그 첫 번째 채월야!

FUSION FANTASTIC STORY
미더라 장편 소설

ODD LAWER

Devil's Balance

괴짜 변호사
악마의 저울

『즐거운 인생』 미더라 작가의
2015년 대작!

현직 변호사, 형사, 프로파일러, 범죄심리학 전문가 자문으로
현장의 생생함을 그대로 담아낸 현대 판타지!

『괴짜 변호사 : 악마의 저울』

"제가 왜 한 번도 패소한 적이 없는 줄 아십니까?"

"……"

"저는 법으로만 싸우지 않거든요."

법의 칼날 위에서 춤추는 자들과의
치열한 공방이 펼쳐진다!

Book Publishing CHUNGEORAM

유행이 아닌 자유추구 -
WWW.chungeoram.com

독고진 장편 소설

FUSION FANTASTIC STORY

100마일
100MILE

160.9344km.
투수라면 누구나 던지고 싶은 공.

『100마일』

"넌 야구가 왜 좋아?"

야구가 왜 좋냐고?
나에게 있어 야구는 그냥 나 자신이었다.

가혹할 정도의 연습도,
빛나는 청춘도 바쳤다.
그리고 소년은 마운드에 섰다.

이건 역사상 최고의 투수를 꿈꾸는
어떤 남자의 이야기이다.

Book Publishing CHUNGEORAM

유행이 아닌 자유추구 -
WWW.chungeoram.com